남자의 해부학

황금알 시인선 285
남자의 해부학

초판발행일 | 2023년 12월 12일

지은이 | 다카하시 무쓰오(高橋睦郎)
옮긴이 | 한성례
펴낸곳 | 도서출판 황금알
펴낸이 | 金永馥
주간 | 김영탁
편집실장 | 조경숙
표지디자인 | 칼라박스
주소 | 03088 서울시 종로구 이화장2길 29-3, 104호(동숭동)
전화 | 02)2275-9171
팩스 | 02)2275-9172
이메일 | tibet21@hanmail.net
홈페이지 | http://goldegg21.com
출판등록 | 2003년 03월 26일(제300-2003-230호)

ⓒ2023 다카하시 무쓰오(高橋睦郎) & Gold Egg Publishing Company
Printed in Korea
값은 뒤표지에 있습니다.
ISBN 979-11-6815-073-7-03830

남자의 해부학

다카하시 무쓰오(高橋睦郎) 시집

한성례 옮김

황금알

시인을 위해 시가 있는 것이 아니라 시를 위해 시인이 있습니다. 그 나머지는 시가 생각해 주겠지요.

시는 아무것도 알 수 없는 저 너머에 있고, 아무것도 예측할 수 없을 때 돌연 찾아옵니다. 만약 시인이 해야 할 일이라면, 언제 무엇이 찾아오든 그것을 맞이할 수 있도록 항상 자신을 단련해야 합니다. 탐욕스럽게 시 소재를 찾아다니는 행위는 시인으로써 부끄러운 일이라고 생각합니다.

2023년 겨울
다카하시 무쓰오(高橋睦郎)

차 례

1부 라디게의 목

2부 여행자

3부 모래의 말

1부

라디게의 목

여명

새벽
나무들은 혈맥처럼 드러낸 가지를 거칠게 뻗었고
지표면은 끝없는 학대에 입술을 꽉 다물고 있다

새들은 울지 않는다
짐승들도 모습을 감췄다

얼어붙은 지표면과 몸부림치는 나무들 너머 저 멀리
새벽이 불을 피워 올리고 있다

동이 튼다, 동이 튼다, 끝없는 고통의 반복을 위해

벌써 산맥은 돌처럼 얼어붙고
바람은 지상의 풀을 시들게 한다

아아, 그다음, 또 그다음에는 무슨 일이 일어날까

동이 튼다, 동이 튼다, 끝없는 고통의 반복을 위해
새벽은 거대한 봉화를 올린다

비둘기

그 비둘기를 나에게 줘 그가 말했다
드릴게요 내가 대답했다

어쩜 이리도 귀여울까 그가 안았다
꾸룩꾸룩 울어요 내가 이어 말했다

이 눈빛이 참 예쁘군 그 사람이 말했다
부리도 매끈해요 내가 쓰다듬었다

그런데 라며 그가 나를 쳐다보았다
그런데 뭔가요 나도 그 사람을 쳐다보았다

당신이 더, 라고 그가 말했다
안 돼요, 라며 나는 고개를 숙였다

당신을 사랑해 그가 비둘기를 놓았다

비둘기가 도망가요 내가 중얼거렸다
그 사람의 품속에서

라디게의 목

이것은 라디게*의 목이다

이것은 파를로스*처럼 강인한 목이다
이것은 파를로스처럼 느끼기 쉬운 목이다
라디게는 이 녀석이라고 생각하여
이 녀석
으로 행동했다고 생각하게 만든다
이것은 라디게의 멋진 목이다

〈옮긴이 주〉
* 레몽 라디게(Raymond Radiguet, 1903~1923) : 프랑스의 소설가. 소설 『육체의 악마』(1922)로 시인 아르튀르 랭보와 비견할 신성으로 등장한다. 이후 멘토가 되어준 장 콕토와 친밀한 관계를 맺어 모더니스트 작가로 활약했다. 대표작으로 소설 『도르젤 백작의 무도회』, 『클레브의 아낙네들』, 희곡 『타오르는 뺨』 등이 있다.
* 파를로스(false) : 그리스어로 '부푼 물건'을 의미하는 단어. 남성의 성기를 의미하기도 한다.

밤

소년은 나무입니다
머리를 잘라내자
그곳에서 어두운 밤이 흘러넘칩니다
마치 수액이 흘러나오는 것처럼

공간은 그의 새파래진 얼굴로
가득 찹니다
연인들은 그 얼굴 위를 지나갑니다
마치 숲을 지나가는 것처럼

장미꽃 나무

남자다운 나의 연인이여 그대는 장미
푸른 섹스 냄새를 강렬하게 풍기는 장미
나는 당신 앞에 무릎을 꿇는다
떨리는 내 팔이 껴안는 그대의 가랑이는 장미
눈을 감은 내 눈꺼풀 주위로
풀냄새 가득한 풀숲이 있고
이슬 머금은 갓 피어난 장미꽃이 새벽잠을 자고 있다
그리스의 탄원자처럼 매달리는 내 위에서
황홀하게 펼친 손가락으로, 젖힌 턱으로, 어느새
그대는 굴강한 장미꽃 나무가 되었다
그 잎은 태양을 먹고 있다

노래하기 전의 니그로

니그로의 겉은 검고
속은 복숭아색

니그로의 겉은 양가죽
속은 백지

니그로의 겉은 달아오른 돌
속은 우물

니그로의 겉은 흙
속은 불

니그로의 겉은 어둠
속은 점점 빨갛게 익어가는 열매

니그로의 피부는 밤
목구멍 깊은 곳까지 그 속을
아침 햇살이 태우고 있다

조금만 더, 조금만 더
그가 뜨거운 입술을 열고
젖은 새벽이 들여다볼 때까지

〈저자 주〉
* 처음 2행, 장 콕토의 시 「ZOON」에서 차용.

노을을 위한 타블로*

나는 사랑한다

노을

엘라가발루스*의 슬픈 금화의 옆얼굴

죽음의 종려나무가 흔들리는

하늘의 투기장

사랑하는 젊은이들처럼

서로 얽힌 아주 작은 두 사람의 레슬러

흘린 피

걸어가는 사람

하늘을 향해 몸을 젖히고

트럼펫을 부는 멋진 니그로

모래를 핥는 고대의 황소

그 소의 얼굴과 겹쳐지는 소년의 슬픈 표정

올리브의 떡잎

그리고 미론의 원반투수*처럼

모든 것을 칼날의 나락으로

집어던지는 사람

〈옮긴이 주〉

* 타블로(tableau) : 살아 있는 캐릭터들의 움직임이 액자 속의 그림처럼 정지된 화면. 캔버스나 종이에 그린 평면 그림을 뜻하는 프랑스어.

* 엘라가발루스(Elagabalus, 203?~222) : 로마제국의 제23대 황제. 동성애자. 괴팍한 행동과 장난을 일삼은 황제로 유명하다. 본인의 나쁜 행실로 국고가 바닥나자 할머니에 의해 후계자가 일찍이 정해졌고, 이에 앙심을 품고 할머니와 후계자를 살해하려다 되려 어머니와 근위대장에게 살해당했다.

* 미론(Mirone)의 원반투수(Discobolo) : 미론은 기원전 500년경에 그리스 보이오티아(Beozia) 지방에서 태어난 위대한 조각가로, 기원전 460년에서 440년 사이에 아테네에서 주로 활동했다. 「원반투수」는 바티칸 박물관의 쌍두마차 방에 있는 조각 작품.

겨울 여행

숲속에

젊은 신들이 넘쳐난다

길가의 무화과

한쪽으로 고개 돌린 헤르메스

먼지 뒤집어쓴 행신行神*도 시들었다.

걸어도 걸어도 끝없이 굳어있는 땅

한 젊은 신조차 생각지 못했지만

열매 맺는 나무와 오곡의 정령도

대지의 싱그러운 아들도 모두 사라졌다

우리는 단 과즙의 열매를 먹지 못하고

서글프게도 타버린 보리만이 수중에 있다

여관은 다 문을 닫았다

도둑과 음유시인을 위해

열어놓은 숙소는 어디에도 없다

메마른 유방

복부가 없는 땅

척박한 언덕을 드러낸

하얀 광채 말고는

그 무엇도 존재하지 않고

태양이 채찍질하는 수레도 보이지 않는다

올빼미를 거느린 여신도

땅끝에 낮게 깔린 하늘을 향해
지팡이를 짚고 고민했을 정도다
멀고 먼 여행이다
오랫동안 강을 보지 못했다
대지의 괴로운 얼굴뿐이다
어제 우리는 어두운 숲을 지났다
그림자 속 그림자
생명의 기척 하나 없는 숲이다
새는 죽었다
땅의 뱀들도 말라 죽었다
지팡이로 치면 토해낼 것처럼
땅에서는 속이 텅 빈 소리가 난다
뿌리가 신음하고 있다
나무의 혼령들이 서 있다
지상에 팔랑팔랑
떨어지는 것이 있다
살펴보니
기어 다니는 벌레처럼 물어뜯는다
남근이다

올려다보니
빙 둘러싼 나뭇가지 혈맥의
이쪽에도 저쪽에도
신이 넘쳐흐른다
숲을 빠져나가려고 하자
어두운 비가 내렸다
섬뜩할 정도로 무거운 납의 비다
우리의 혀가 그 혀로 젖는다
여신의 계절과는 맞지 않게
숲이 끝나는 곳에
황량한 광야가 펼쳐졌다
그러자 갑자기 창백한 얼굴을 한 일행이
우리 앞을 가로질러 갔다
어쩌면 그들이 본 우리의 얼굴도
창백했을지 모른다
그러나 그것도 한순간의 일이다
우리는 걸어야 한다
대지의 뒤쪽으로는 귀신들이 달려오고
붉은 불이 타오른다

몹시 무거운 뒤꿈치
잊어버린 여행은
어두컴컴한 뱃속의 좁은 태내를 돌아다닌다

〈옮긴이 주〉
* 행신(行神) : 여행길을 주재하는 수호신. 그리스 신화에서 대지의 여
  신 가이아와 데메테르의 둘을 합체한 석상으로 행인을 지키는 신.

거울

혹은 나르시시즘

사랑한다 사랑한다 사랑한다
마주한 두 거울의 흐릿한 바닥에서
목소리의 얼굴이 끊임없이 떠오른다
결국 우리는 사랑하는 자기 자신
사랑받는다고 느끼는 자신을 사랑하지 않았던가
길을 가는 아름다운 사람들을 바라보는 것처럼
우리의 눈은 사실 자신의 내부를 향해 열려 있다
아라비아인들의 미로처럼 파고든다

영혼의 어둠 속에서
자신의 그림자를 찾고 있는
나그네를 우리는 그냥 지나치지 않는다
만약 어느 구부러진 길모퉁이에서
문득 빛처럼 또 다른 자신이 나타난다면
달려들어 그를 끌어안고
포옹과 눈물에 녹아 우리는 하나가 되리라

죽은 소년

나는 사랑도 모르고
무서운 유년 시절의 정점에서 돌연
우물 속 어둠으로 빠져든 소년이다
어두운 물의 손이 내 연약한 목을 조르고
무수한 차가운 송곳이 쏟아져 들어와 꽂혀
물고기처럼 젖은 내 심장이 멈췄다
모든 내장이 꽃처럼 부풀어 올라
지하수 표면을 수평으로 움직여나간다
내 사타구니의 풋내 나는 뿔에서는 이제
미덥지 않은 새싹이 돋아나고 답답한 흙을
헤치고 나와 연약한 손으로 기어오르리라
창백한 얼굴 같은 한 그루 나무가
아픈 빛 아래 살랑거리는 날이 오리라
나는 그림자 부분만큼의
빛의 부분을 내 안에 갖고 싶다

소년들

비탈길에 굳어있는
소년들의 기아는
신의 형상처럼 빛나고 있다

눈 밑에 굳어있는
그들의 비참한 거리
그들과 같은 높이로 펼쳐진
비명을 지르고 싶은
동상 걸린 하늘에

멀리 가신 그들의 어머니가
마물 같은 크기로
눈을 가늘게 뜨고 내려다보고 있다

1955년 겨울

추운 아침 공중화장실에
안개처럼 피어오르는 따스함

나는 어슬렁거리고 있었다
몸은 더러웠고 고독했고 배고팠다

플라타너스는 벌거벗었다
사람의 왕래는 드물었다

쓰레기차 뒤를
개가 따라갔다

내 오른손은 바지 주머니 속
뚫린 구멍을 파고들었고

나는 굶주림 속에서 상상했다
공중화장실 안에서
불꽃처럼 서로 사랑하는 사람들을

아픈 칼날처럼 빛이 꽂혀서
가는 길의 진창을 비추었다

손가락

꽃잎 몇 장
꽃잎 몇 장의
부끄러움의 꽃잎에 싸여
잠들어 있는 나의 새벽

언젠가 짙은 구름에 잠긴 어두운 하늘에서
반짝이는 손가락 하나 내려와
사방으로 용솟음치는 나의
장밋빛 아침을 열 것이다

닫혀 있던
나의 기쁜 영혼은
수도 없이 튀어 올라
천지간을 채울 것이다

더러운 옷과 더러운 밤 속에서
황홀하게 나는 꿈을 꾼다
아침은 올 것이다
은총의 빵 한 조각처럼

지금 그 손가락은
아득한 새벽의
바다 같은 혼돈 속에 있다

목소리

  그 목소리는 거친 천으로 다듬어져 어디 하나 젖은 데가 없다. 때가 묻고 석유 냄새를 풍기며 고통스러운 균열 사이로 내다보이는 바탕 쇠는 순금이다.

  수많은 씁쓸한 우정 속에 단련된 그 목소리는 이제 애벌레처럼 늙지 않는다. 그 목소리에서는 잭나이프 냄새가 난다. 추위와 고독의 냄새가 난다. 강철—허리에 빛을 담은 그 자, 불을 부는 그 자를 만들어내는 쇠다—그렇게 진한 정액 냄새가 난다. 잘록한 고대 조각의 강인한 목—단단한 이빨 안쪽으로 밀어 넣은 그의 목소리는 7인치의 바지를 밑단부터 밀어 올리는 열여덟 살의 욕망처럼 장밋빛이다.

  먼바다에서 아침이 선하품을 참는다. 팡팡한 허벅지 위 호주머니에 손을 찔러 넣고 머리를 조금 앞으로 내민 채 그는 걸어간다. 그의 목소리를 따라서 걸어간다.

  아니다. 오히려 목소리가 그를 일깨운다.

  어둠 속에 떠오르는 목. 불룩한 탄력 있는 성대. 근육의 빛, 가려진 오금과 허벅지. 쾌락의 연장선에서 휘어지는 턱. 줄눈으로 그려진 그는 차츰 살아있는 육체로 충만해진다.

  —오히려 목소리가 그의 주인이다.

2부

여행자

여행자

깡통 테두리까지 가득 찬 무거운 젖
몇 마디 기도의 말
나무 식탁에 놓인 열두 개의 손
지금 소박한 숲속 가족의
빵 굽는 가마 안이 나뭇잎처럼 타고 있다
피를 잼으로 만든 빵이 탄다
그 고소한 냄새가 거리를 따라 흐른다
숲속 나무들의 젖은 잎 위로 기어간다
집 없는 자는 고개를 숙이고 그 길을 따라 걷는다
불타는 그의 눈꺼풀 밖
어둠 속에서 바람이 울고 있다
바람 속에서 버즘나무 잎이
휘날리는 머리카락 위에서 그를 향해 떨고 있다
"집도 없는 바보 같은 놈
손을 더럽히기 전 성스러운 시간이거늘!"

나그네의 눈에 초록빛 눈물이 맺힌다

밤

그대의 밤에 대해 이야기해 주세요
하늘의 별들이 소용돌이치고 있어요
대지는 듣고 있어요
세차게 몰아치는 바람을 견디며

저 너머에 서 있는 사이프러스* 나뭇가지 한 가닥은
멍든 손바닥 같아요
그 손바닥은 기어오르는 머리카락처럼 보이지만
그보다는 뭔가를 기다리는 손바닥이에요

그러나 웅크린 당신의 밤을 받아들여
잠 못 이루는 자들에 대해서도 이야기해 주세요
그는 창문을 활짝 열어젖히고 불타는 머리를 밤바람에
날리면서

마음속을 달리는 무서운 폭풍을 견디고 있어요
슬퍼질 때까지의 밝은 집들의 등불이
그의 눈에 어떻게 비칠지

* 사이프러스(cypress) : 측백나뭇과에 속하는 여러 종의 침엽수의 명칭.
동양에서는 편백나무라고 한다. 지중해 연안 지역에 흔한 이 원뿔형의
나무는 고대부터 관, 십자가, 궁전의 기둥 등에 이용되었으며, 종교와
밀접한 관계가 있다.

소년에게

소년이여
날이 저물자 온화한 눈빛을 띤
온순한 짐승들이 차례차례 나온다
너는 나무 그늘에 감춰진 물로 기르는 하나의 장소다

하늘하늘 풀잎 나부끼는 들판 끝에 태양이 타오르고
밤이슬을 머금은 청량한 바람이
너의 무성한 나뭇잎을 소란스럽게 만든다 해도
그것은 예감일 뿐이다

혼란스러운 밤을 맞아
광폭하게 솟아올라 고독하게 서 있는 나무는
아직 너의 어두운 곳에 잠들어 있다

형제

광폭한 마음을 가진 하늘 아래
태초의 인간처럼 서로 껴안은 형제에게는
흙빛의 무거운 잠이 있고
비늘 떨어진 멍든 뺨이 있다

선명한 노을에 그들은 집을 잃었다
그들의 혈통은 폐기된 운하처럼 끊어지고
그들의 뜨거웠던 피는 지금 차갑게
땅속을 흘러간다

먼 훗날 언덕 위에서 이윽고
형제는 하늘을 향해 천 개의 잎을 펼친다
두 사람 밑의 어두운 떡갈나무일 것이다

푸른 하늘 아래 미칠 것 같은 마음으로 쓰러진다
기둥 같은 번개가 아득한 계곡 사이의 작은 촌락을
그 초라함을 비추어 드러나게 할 때

목구멍에서

격노── 내리찍은 쇠
그리고 여러 푸른 밤 속의 검은 도주
한동안 나무들을 피하다 엉망이 된 너의 얼굴은 나를 쫓아와
너의 접힌 속눈썹은 뭔가 말하고 싶다는 듯 흔들렸지만
지금은 너의 부드러운 목이 나는 더는 부럽지 않다
너와 나 사이로 들어가 버린 것
하나의 행위 하나의 죄…… 그리고 시간
                                    무더운 오전 목구멍
                                    꼴깍 꼴깍 소리를 내고
나는 물을 마신다 땀이 흠뻑 물방울이 되어 이마에서 떨린다
땀방울에 비친 타마리스크*가 미풍에 흔들리고 있다
나는 고독한 손에 괭이를 들고 한낮의 남자가 된다
가련한 녀석── 나는 거친 흙을 두 개의 흙더미로 나누어
묵묵히 갈라지는 한낮에 등을 돌리고 흙을 갈면서
무더운 구름 속 번개 치는 저녁으로 한 걸음 한 걸음

걸어간다
　──헛간의 차가운 어둠 속에 빛나는 잘 드는 낫

〈옮긴이 주〉
* 타마리스크(tamarisk) : 위성류(渭城柳)에 속하는 관목. 가지가 버드나
  무 가지와 흡사하고, 꽃은 늦봄과 여름 두 번, 연분홍의 작은 꽃이 어린
  가지 끝 원뿔 모양의 꽃차례에 핀다.

의자

이것은 내가 기대어 소리 없이 죽어 있던 의자다
복도는 똑바로 달린다
가장자리의 유리문은 초여름 정원에 가득 차 있다
이 정원은 죽은 정원이다
노란 꽃이 가득 피어 있다
나비 한 마리가 그 위를 팔랑팔랑 춤추고 있다
천 년 후에도 나비는 날고 있으리라
나는 지금도 이 의자에 앉아 있다
이 정원은 내가 죽었을 때 그대로의 정원이다
털투성이 늙은 개만이 주인을 알아보고
의자에서 늘어뜨린
보이지 않는 손 밑에서
오랫동안 드러누워 애교를 부린다

관에서

관속에서 나는 일어났다
묘지 옆에 털썩 내려앉은 그 순간
나는 눈꺼풀이 닫힌 죽음의 잠에서 몽롱하게
손으로 더듬으며 기어 나왔다
눈이 부시다……
이런 선명한 풍경을 나는 본 적이 없다
비단향꽃무 흔들리는 나무들 그 깊은 그늘
묘지를 구분하는 흙담의 부드러움
젖은 듯한 기왓장의 빛

정신을 차려 보니 사람들은 나무숲 너머
한낮의 언덕길 아래를 도망친다
나는 관 위에 앉는다
뻥 뚫린 맑은 하늘
마치 처음 같은 바람이 머리를 헝클어뜨린다

땅 위의 도마뱀을 나는 손으로 집어 든다
내 피가 세차게 돌고 살이 팽팽한 손바닥 안에서
도마뱀은 몸을 비틀며 날뛴다

나는 얼굴을 가리고—돌연 격렬하게 울음을 터트린다

〈옮긴이 주)
* 비단향꽃무[紫羅欄花] : 겨잣과의 다년생 식물. 남유럽 원산의 관상식물
  로 꽃은 십자형이며, 4,5월경에 핀다.

1960년 겨울

마른 목을 덧없이 짜내어 우는 풍향계의 닭
젖을 짜고 난 하늘의 암소
날개가 뜯겨 떨어지는 피의 천사
―멀다, 먼 지평선 하늘에 관한 이야기지만―
이제 곧 떠나야 할 시간이다
네 주변의 모든 것이 상해서
그 부패의 냄새에 빠르게
차가운 금이 가기 시작했다면
지금 12월 사람들이 모여 불을 지피는 계절
사람들과 함께 둘러싼 너의 불이
거짓의 따뜻함이라면
어서 빨리 떠나라
음험한 구름 속에서 엿보는 겨울의 얼굴
길은 마른 밭 속에서 광야로 이어지고
또 다른 마을로 이어져 있다

거인 전설
1967년

네르네스토 체 게바라*에게

바제그란데*의 따뜻한 지평선, 그 위로 둥그런 하늘,
그대의 머리는 축구공처럼 튕겨 나가 거기서 멈추고
　저주받은 영구운동의 돌고 도는 새로운 천체가 되었다
　그대의 두 개의 다이아몬드, 두 안구는 한낮의 천구의
내벽
　보이지 않는 별자리의 보이지 않는 두 개의 일등성이
되었다
　그대의 심장은 땅 아래 공포의 함정으로 빨려 들어가
　화산이라는 화산을 죄다 분출시키고 땅속 분노의 펌프
가 되었다
　혈관을 찢어 넘쳐흐르는 그대의 피는 끈적거리는 무거
운 바다가 되었다
　물고기처럼 젖은 극채색의 내장은 바다에 떠 있는 지
도의 땅이 되었다
　그대의 뼈와 살은 하늘의 용골龍骨과 거기에 붙어 펄럭
이는 천막이 되었다
　그대의 머리카락은 대지를 메우는 야생 사탕수수의 숲
이 되었다
　그대의 호흡은 사탕수수 숲의 하늘에 맴도는 뜨거운

47

바람이 되었다

　그대의 타액은 마른 땅바닥의 그물눈 같은 미로를 거슬러 오르는 어두운 물이 되었다

　그대의 정액은 험준한 산의 바위에 숨겨진 소금 결정이 되었다

　모든 식물은 은밀한 뿌리 끝에서 그 결정을 끌어안았고

　모든 동물들은 부드러운 혀로 그 결정을 핥는다

　갈라진 그대가 얼마나 커졌는지 그 크기조차 가늠할 수 없다

　　　*

더욱이 그대는 그 크기에 머물지 않는다

그대는 계속 부풀어 오르고 한없이 부풀어 오르기에

그대가 육체였을 때의 추억은 장미와 백합이었기에

참혹한 대지와 거기에 덮인 여러 층의 천구는

부풀어 오른 엄청난 백합과 장미로 가득하다

이마의 백합, 가슴의 백합, 등의 백합, 허벅지의 백합
눈의 장미, 입술의 장미, 심장의 장미, 배꼽의 장미
타오르는 장미의 천구 아래 얼어붙은 한쪽 백합의 대
지 위
　(또는 얼어붙은 백합의 하늘 아래 불타는 장미의 대지
위)
단 하나의 버려진 노대*
그 위에서 셔츠의 가슴을 찢어 머리에 슬픔의 재를 뿌
린다
또는 장미의 하늘에 빨려드는 단 하나의 점이 되어
나는 통곡하는 여자, 그 고전적인 한탄의 모습을 흉내
낸다
너무 커져 버린 그대는 이제 더는 내 것이 아니다
나는 나의 옷자락이 되는 한탄의 물질을 모아 다시 한번
그대를 다시 만들어 보리라. 한 점 세포부터 시작하리라

　　　*

시간의 개미들이 순식간에 먹어 치워 황폐해져 가는

진정한 그대

반대의 방법으로 나는 그대를 처음부터 다시 만들어낸다

그럼에도 그대는 누구였단 말인가

(수염의 혁명가? 신출귀몰의 게릴라 대장?)

그대를 따뜻하게 만들어내고, 일어서게 하려면

내 애착의 뜨거운 화덕에서 어떤 불과 흙과 물을

어떤 비율, 어떤 방식으로 빚어내야 할까

(그대는 흙과 계곡물과 소금돼지와 모닥불 냄새가 나는 전략이론가?)

내 혈액 속의 어떤 장미를, 정액 속의 어떤 백합을

모아서 너의 절묘한 몸을 만들 수 있을까

(그대의 솔직함과 겸양! 무한한 관용과 증오의 깊이!)

진정으로 너는 백합을 쌓아 올리고, 백합을 쌓은 백합의 탑

백합의 차가움, 백합의 따뜻함, 백합의 음란함, 백합의 청결함

그 안을 만든다는 것은 생명의 장미라 해도

그대의 희유의 근육, 희유의 친절, 희유의 음낭을
나는 대체 무엇을 기본 삼아 만들 수 있을까
그대를 재생시키려면 나는 어떤 연금술사가 되어야 할
까

아니다 그렇지 않다. 다시 시도해 보자

    *

나는 그대를 위해 곱사등이의 대장장이가 될까
깨지지 않는 그대의 철 심장을 가르기 위해
나는 그대를 위해 맹인처럼 보도를 밟을까?
그대의 몸을 감싼 거품 이는 포도주를 빚어내기 위해
나는 그대를 위해 앉은뱅이 무두가죽 장인이 될까
그대의 가슴 속에 강인한 두 개의 걸쇠를 걸기 위해
나는 그대를 위해 귀머거리 용광로 장인이 될까
그대의 풀무에 뜨거운 숨을 불어 넣기 위해
나는 그대를 위해 벙어리 빵 장인이 될까
그대의 부드러운 뇌수와 긴장된 고환을 반죽하기 위해

나는 그대를 위해 언청이 꿀벌 기르는 자가 될까

그대의 달콤하고 아주 끈끈한 뇌의 점액과 정액을 정제하기 위해

나는 그대를 위해 통풍의 재단사가 될까?

그대의 부드러움과 섬세함을 지닌 피부를 꿰매기 위해

나는 그대를 위해 납독이 든 귀금속 세공사가 될까

그대의 모든 것을 뚫는 순금의 영혼을 주조하기 위해

*

그대의 모든 것이 거기에서 나오는 순수한 두 가지 물질

그대의 음낭과 사상을 나는 천칭의 양 접시에 나눈다

그대의 음낭은 물에 젖은 표면에 물방울을 뿌린 돼지 가죽주머니다

그대의 사상은 자루 주위의 뭉클어진 공기다

그대의 음낭은 가지 뻗은 다산의 열대나무다

그대의 사상은 달콤하고 무거운 열매다.

그대의 음낭은 피 끓는 한낮의 투우장이다

그대의 사상은 투우장의 하늘로 솟아오르는 환성이다
그대의 음낭은 문간에 매달린 마귀를 막는 마늘 다발
부적이다
그대의 사상은 엄청나게 강렬한 냄새다
그대의 음낭은 막 파낸 금괴다
그대의 사상은 금괴 주위의 눈부심이다

음낭과 사상, 저울접시에 반대로 올려놓는다, 사상과
음낭
그대의 사상은 거세게 흐르는 맑고 차가운 물
그대의 음낭은 거세게 흐르는 물을 만드는 호수의 어
두움
그대의 사상은 미끼를 노리는 매의 재빠름
그대의 음낭은 매를 쉬게 하는 우람한 팔
그대의 사상은 쏟아지는 소금의 빛
그대의 음낭은 기울어진 소금 항아리
그대의 사상은 뱃길 선단의 아득함
그대의 음낭은 뱃길 선단을 보내는 수평선
그대의 사상은 성운의 혼돈

그대의 음낭은 성운을 존재케 하는 창공──

    *

이 모든 것, 그대를 덧그리는 단어들
그대라는 장엄한 건축물의 거친 폐허
말은 허무하다 나는 허무의 뒤를 돈다
보아라, 낯선 납 색깔의 새벽하늘에
눈부신 음낭의 형태를 취한 그대의 사상이
부드러운 듯, 무거운 듯 늘어뜨린 찬탄의 대머리독수
리들에 얽혀
여러 겹으로 흐려지면서 흔들리고 있다 계속 흔들리고
있다
언젠가 주위에는 사방의 수평선에서 밀려오는 구름의
음모
번개의 격렬한 혈관이 대기의 허벅지에 와르르 달린
다.
나는 나갈 것이다 고대의 여신처럼
영원히 떠도는 사람이 되어 세상으로

죽은 동물의 고기를 탐하는 승냥이와 닮은
사랑하는 사람들의 마음의 광야로
찢어진 장미꽃 뿌려진 그대를 찾아, 모으러 가리라
특히 기왓조각과 자갈에 뒤섞여 피투성이가 된 고독한
너의 남근을

출발하는 나

젊은이가 웅크린 채 신발 끈을 묶고 있다
그 뒤쪽 목덜미의 형용할 수 없는 우아함
천천히 움직이는 어깨의 근육도
허리 아래 두 무릎도 싱그럽고 매끄럽다
(무릎에 눌린 수컷의 젖꼭지는 아직 연분홍색)
과묵한 젊은 짐승의 더러움을 모르는 순수한 눈빛은
신발 끈을 묶는 손가락의 움직임에 고정되어 있지만
움직이는 손가락은 황홀한 꿈을 꾸고 있다
신발 끈을 묶는 손가락의 움직임 조금 위로
굶주린 젊은 늑대의 그것처럼 부드러운 배 밑
빛이 모인 부드러운 풀숲에서 겉잠이 든다
살갖에 싸인 우아한 에로스와 함께
젊은이는 일어서서 망사로 된 신발을 신고
벌거벗은 채로 걷고 또 걷는다, 그러다 늙는다
늙은 사람은 표정을 다잡고 돌아보지 않지만
늙은 사람 뒤에서 번번이 젊은이는 웅크리고
신발 끈을 다시 묶고 일어서서 걷기 시작한다
수도 없이

나그네로 가장한 나

나는 언제나 방랑자의 챙 넓은 모자를 쓰고
물푸레나무 지팡이를 들고 클라미스*를 입고
태양 빛이 쏟아지는 길에 맨발로 서 있다
길이란 바로 지금 내 앞에 있는 길
나에게 뒤돌아보는 것은 금지되어 있다
왜냐하면 나는 피의 더러움 때문에 고향에서 추방당한
자
내게 허락된 것은 영원히 닫혀 있는 앞 방향의 마을
마을 입구에는 석양 아래 새들이 무리 지어 있는 몇 개
의 기둥이 서 있고

하나하나의 기둥 위에는 하나하나의 피투성이의 목
하나하나의 피투성이 목은 바로 나의 목
왜냐하면 내가 방문하는 마을의 나는 끔찍한 방문객이
다
평화로운 일상에 피 냄새를 가져오는 자이므로
나는 목 없는 자로서 인기척 없는 마을을 통과하고
통과하면서 챙 넓은 모자를 쓰고 있다
마을 끝에는 한층 새로운 노을이 지는 마을이 있을 것

이다

　새로운 마을 입구마다 한층 더 새로운 나의 목이 걸려
있을 것이다

　나는 나의 피투성이 목들을 만나기 위해 가야만 한다

　피비린내 나는 나의 걸음을, 즉 길이라고 한다

〈옮긴이 주〉
* 클라미스(chlamys) : 고대 그리스의 짧은 망토.

성^聖 창녀로 분장한 나

한낮에 왼손에 든 손거울 속 모습으로
나는 한 가닥 한 가닥 정성스레 수염을 뽑았다
눈썹을 밀고 먹으로 눈썹을 그리고 입술을 내밀어 립
스틱을 발랐다
청색 머리 가루를 뿌린 가발을 뒤집어쓰고 이마에는
놋쇠 머리띠를 둘렀다

목젖을 감추려고 머리띠와 같은 폭의 놋쇠로 된 넓은
목걸이를 둘렀다

팔찌와 발찌를 차고 염소가죽 샌들을 신고
땀내 나는 무채색 끈을 머리에 치렁치렁 묶고
이를 쑤시고 침을 뱉고 향초를 씹었다
겨드랑이와 배꼽에 성스러운 기름을 바르고
거울 밖 무너진 신전의 회랑으로 나왔다
젊은 신과 나그네들만 지나갔다
청색 나무에서 청색에 대해 말하는 새가 앉아 노래했
다

"그대는 남자이니라, 그대는 남자이니라, 게다가 그대
는 늙었도다."

"거룩하고 성스러운 나그네들과 신들이 왕래하는 이
버려진 길에서

인간은 누구나 다 비참한 창녀가 아닐까?"

청색 황혼 아래 나는 소리 내어 울었다

성교 해부도性交解剖図의 나

내 존재의 첨단이자 젖어있는 뜨거운 육체의 인두는
내 대장간의 부드러운 화로에 박혀 순식간에 부피를
키운다
쇠는 붉게 달아올랐다가 다시 하얗게 달아오르고
하얗게 달아오른 정점에서 마침내 첨단부터 녹는다
오오! 존재가 무로 바뀔 때 뿜어져 나오는 하얗고 탁한
짙은 액체
액체는 구름처럼 퍼져서 타오르는 용광로 깊은 곳 자
궁으로 침입한다
그러나 보라, 나의 존재를 받아들인 자는 내게 앞을
보여주지 않는다
그 갈고리처럼 뾰족한 혀끝은 허공에서 흔들리며 떨고
있다
그러므로 내가 침범한 것은 자궁이 아니다, 탄력 있고
웅장한 복부 속 직장
직장에서 구강까지 이 얼마나 불가해한 내장의 너울거
림과 응어리인가
아라비아인의 미로처럼, 전설의 미노타우로스*가 사
는 지하의 개미굴처럼,

천둥번개를 몰고 오는 적란운이 뒤섞인 회랑처럼, 그
것은 뒤엉켜있다

나 자신인 나의 액체는 모든 미로, 모든 개미굴

모든 회랑을 침범하여 그의 몸 전체로 일제히 퍼져간
다

그러나 다시 보라, 이 침입자는 내가 아니라

오히려 침범당한 자, 그 자는 바로 내가 아닌가

나는 진정한 존재로서 직장을 피투성이로 능욕당하고

애처로운 황홀에 사로잡힌 내 쇠약해진 첨단은 덧없는
공간

진한 액체를 대신해서 어찌할 수 없는 공기가 하염없이
방사된다, 계속 방사된다

* 미노타우로스(Minotauros) : 그리스 신화에 나오는 소머리에 사람 몸
인 반인반수의 괴물. 크레타 왕 미노스의 비 파시파에(Pasiphäe)와 해
신(海神)에게 선물로 바친 소 사이에서 태어남. 미궁에 숨어 사람의 몸
을 제물로 요구하다가 영웅 테세우스에게 살해됨.

3부

모래의 말

눈[目]의 나라에서

그곳 눈의 나라라고 부르는 땅에서는
사람들이 우리가 보는 것처럼 보지 않는다
그들의 눈 속에는 손이 있고
손가락 끝으로 멀리 있는 나무와 가까운 바위를 만진다
때로는 다섯 손가락을 펼쳐서 손을 뻗어
태양을 짊어진 독수리의 비상을 꽉 붙잡는다

*

그곳 눈의 나라라고 부르는 땅에서는
그림 붓으로 그리는 원근법은 존재하지 않는다
멀리서 움직이는 나무와 가까이에 앉아 있는 바위를
색채의 짙고 옅음으로 단계를 매기지 않는다
멀리 있는 나무는 가까이 있는 바위와 같은 선상에서
나란하다
시선의 혀는 동시에 두 개를 핥아야 한다

*

그곳 눈의 나라라고 부르는 땅에서는
눈만으로는 결코 환상을 볼 수 없다
미궁은 정확한 계산으로 지하를 돌고
괴물은 구체적으로 소의 머리와 사람의 음부로 이루어
진다
환상이라는 말 자체가 같은 음절로 분리되어
눈은 그 소릿값을 시각적으로 계량한다

그곳 눈의 나라라고 부르는 땅에서는
죽음을 덮을 어떤 상냥한 사자도 없다
죽은 육체는 정오의 햇빛 아래 벌거벗은 채 드러나 있
다
눈들은 노골적으로 그것을 본다
영혼은 육체를 떠나 그림자 속으로 걸어간다
눈들은 보일 때까지 배웅하고 더는 보지 않는다

*

그곳 눈의 나라라고 불리는 땅에서는

비밀도 흉곽의 감옥에서 끌려 나온다
밧줄로 묶어 빛의 극장 한가운데에 세워
사방에서 돌팔매질 같은 시선이 날아와 피투성이가 된
다
때려눕힌 죄가 울부짖으며 퇴장한 뒤
객석의 눈들에서도 피가 세차게 뿜어져 나온다

　　*

그곳 눈의 나라라고 불리는 땅에서는
시력의 세밀한 눈금은 의미가 없다
눈은 모든 것을 분명히 볼 수 있는가
아니면 전혀 아무것도 볼 수 없는가로 나뉜다
보지 말아야 할 것을 봐버린 눈은
황금의 핀에 의해 어둠이 가득 찬 움집으로 바꾼다

　　*

그곳 눈의 나라라고 불리는 땅에서는

가장 흔히 볼 수 있는 것은 안구가 없는 움집
움집을 덮은 어둠은 빛의 영역을 넘어
그림자 나라의 비탈진 막다른 곳에 가 닿는다
본다는 것은 이를테면 어둠이 어둠을 보는 것
빛 속의 눈들은 이것을 알고 있다

모래의 말

"보이지 않는 그물코의 어둠의 거리가
본질적으로 미로인 것은 아니다
빛 속에 지평선까지 노출된 모래벌판이야말로
참으로 무서운 미로다"
이렇게 모래가 말을 걸어왔다

"모래사막 끝에서 겨우겨우 발견한 촌락을
확실한 실체라고 믿는 것은 잘못이다
그곳의 시원한 나무 그늘에서 마셨던 물도
그 순간이 지나면 너의 피부를 빠져나갈 것이다"
이 또한 친절한 모래의 말이다

"오히려 스스로 모래를 손으로 퍼 올려
모래로 갈증을 푸는 법을 배워라
신기루 성벽 안에 몸을 뉘어
잠자는 요령을 익혀 네 것으로 만들어라"
이것은 모래가 가르쳐준 세 번째 말이다

모래의 언어는 모래로 모래의 탑을 쌓고

쌓아 올리자마자 꼭대기부터 무너져 내린다
나그네는 언제나 그 근처를 우측으로 돌아
그을린 그림자로서 지나간다
양쪽 귀에는 밀랍이 가득 차 있다

도서관 혹은 책벌레가 내뿜는 꿈

먼 옛날 진辰이라는 이름을 가진 미천한 자가 있었다. 어려서부터 글을 사랑함이 음탕함에 가까웠다. 집은 가난하고 서적 또한 궁핍하여 빌려 읽은 책을 금세 독파하고, 빌려 읽기를 가까운 곳에서 먼 곳까지 미치니, 열다섯에 이미 온갖 글을 터득하여 나라 안에 견줄 자가 없었다. 이 말이 임금의 귀에까지 들어가 도서관 관료로 천거되었다. 진은 굉장히 기뻐하여 종일 도서관을 떠나지 아니하더니 결국 서두書蠹라는 책벌레가 되었다. 서두는 책을 갉아 먹고 책을 양식으로 삼았다. 그것이 들통나, 그는 포박당해 물속에 내던져졌다. 갉아먹던 책과 함께 묶어서 수장시킨 것은 그나마 글을 좋아하는 임금이 베푼 작은 인정이었다. 진은 물밑에 가라앉아 대합조개가 되었으며, 이를 이르기를 진蜃이라 하였다. 언제나 물밑에서 이끼를 먹고 일곱 색깔의 기를 내뿜어 파도 위에 누각을 지었으니, 사람들은 이것을 서루書樓하고 하였다. 임금이 불쌍히 여겨 슬픈 신기루에 대한 시를 지었다는데 안타깝게도 지금은 전해지지 아니한다. 지금 동쪽 바다에 독서만 해서 세상일에 어두운 한 서치書痴가 있으매, 진의 후예라 칭하기에는 인생의 목표가 아주 낮

고, 큰 조개도 아니어서 그보다 더 작은 벌레에 비견된
다. 하루는 쓰러져가는 집에서 선잠을 자다가 환상으로
서루의 오각五覺을 보았고, 거기서 광시狂詩 다섯 편을 얻
었다. 혹은 꿈에서 임금의 잃어버린 그 시 속에 몰래 숨
어들었고 한다. 환상의 수문장 선재 굴황 동자幻廈守門善財
窟荒童子.

흙의 도서관 혹은 진흙을 읽는 사람

　사상의 불후, 진리의 영원을 말하는 사람이여
　네가 생각해야 할 것은 흙으로 이뤄진 도서관, 진흙의
책
　원래 시간의 하늘 높이 솟은 예지의 성, 신비로운 지
혜로 새겨진 이름
　시간의 흐름은 흙더미 벽을 갉아먹어 평평하게 만들고
　진흙의 책판을 뒤틀어서 녹여 본래의 진흙으로 되돌려
놓았지만
　흙의 불후, 진흙의 영원히 시작된 것은 그때부터였고
　그대가 찬탄해야 할 것은 흙과 하나가 된 흙의 도서관
　그대가 해독해야 할 것은 진흙에 싸인 진흙의 책
　그 앞에 있는 그대 또한 불후의, 영원한 진흙의 입상

물의 도서관 혹은 흘러가는 교훈

손가락 끝에 침을 뱉어 페이지를 넘기는 나쁜 버릇과
도 같은 희열은

모래 너머 물새들이 떨어지는 저 아득한 녹색 흡수선
에서

고개 흔드는 갈대들의 뿌리에 속삭이는 갈대들의 어머
니이고 연인인 물

갈대를 삶아 얇게 편 종잇조각이 있고 그걸 넣은 갈대
바구니가 있다면

그 전에 물의 종잇조각이 있고, 그걸 담는 물 바구니
가 있어도 좋으리라

물의 페이지를 넘기는 건 두 발로 물줄기를 뚫어 두 손
을 물줄기에 담그는 것

우리의 눈먼 손끝이 읽는 물의 지혜는 만물을 사랑하
는 책과 같은 것,

책을 사랑하는 것은 흐르는 물을 사랑하는 것이라고
말한 후

물의 책의 모든 페이지는 사라지고 물의 도서관은 흘
러간다

불의 도서관 혹은 문자들의 황홀함

고대의 낮과 중세의 밤을 담아 포악한 광신의 불이 타올랐다

수백 곳 도서관의 수 만권 책에 대해 사람들은 온갖 애도의 말을 하지만

불꽃의 팔에 안겼을 때의 문자들에서 느낀 황홀함은 아무도 말하지 않는다

시인의 두개골에서 흐르는 글자를 베껴 쓴 펜촉에 정착된 순간부터

문을 내린 여러 겹의 철문, 사슬에 묶인 가죽표지에 보호를 받아

문자들은 포로가 된 처녀처럼 떨면서 그때를 기다리고 있다

그 가죽 표지든 철문이든 막다른 곳은 불의 노략질과 능욕을 맞는 문

도서관의 마지막 은밀한 꿈은 불꽃의 손가락에 놀아나고 불꽃의 혀가 핥아서

수난당한 불과 더불어서 일어나 어두운 하늘로 두 손을 뻗는 꿈

바람의 도서관 혹은 책의 종말

지금 드러누운 내 눈앞을 읽다 만 책을 넘기는 바람이
모든 페이지를 찢는 격렬한 바람으로 바뀌는 건 어렵
지 않다
모든 행이 날아가고 모든 문자를 잃는 데 걸리는 시간
은 그리 길지 않다
아마도 이렇게 많은 연대기가 마지막 한 장까지 찢겨
나가고
왕가의 출생과 업적의 공과를 이야기하는 정직한 미사
여구는 토막이 나고
세상의 네 방향 끝까지 끌려다니며 잃어버리기도 했으
리라
모든 책의 모든 페이지가 애도를 표한 후에는 바람의
책, 바람의 페이지
시작도 끝도 없는 그 책의 수납에 기둥도 마룻대도 없
는 바람의 도서관
바람의 글자로 된 바람의 시는 바람에 대해서만 말할
것이다

하늘의 도서관 혹은 피의 거울로서의 우리들

땅끝의 구름 뒤에서 어떤 목소리가 무無의 무, 공空의

공이라고 말한다

　그러나 무의 서적, 공의 도서관을 찾는 여행의 끝에서 우리가 보는 것은

　노을 지는 벽에 우리의 뼈를 하늘까지 닿도록 조립해 쌓아 올린 책장

　거기에 채워지는 책들도, 그 종이도, 무두질한 우리의 살갗

　무두질한 가죽 위에 쓰인 글자는 우리의 흐르는 피로 만들어진 잉크

　피로 염색된 종이를 책으로 묶는 실은 우리 몸의 신경 더미

　이러한 책과 이 도서관이 무이고 공이라 한다면

　무이고 공인 우리의 거울이 이러한 책과 이 도서관

　혹은 우리야말로 도서관과 책의 피비린내 나는 거울

우리들 지팡구* 사람

그 섬은 황금색 구름을 둘렀고
해도의 지도 어디에도 존재하지 않는다
그 섬 주민인 우리도
현실 어디에도 존재하지 않는다
상인 마르코 폴로*의 망상의 바다
그 바다를 항해한 항해자들의
뇌수 속 해양의 폭풍우 속을 표류하다
우리들 지팡구 사람이 되었던 것
결국 환상과 꿈의 부재의 군집
우리의 말을 믿지 마시길

〈옮긴이 주〉

* 지팡구 : '일본국'의 중국 음차인 지펀구를 마르코 폴로가 지팡구
  (Cipangu)로 음차한 말. 훗날 서양에서 이 명칭이 '재팬'으로 변형되었
  다.
* 마르코 폴로(Marco Polo, 1254~1324) : 이탈리아 베네치아의 상인으
  로 동방여행을 떠나 중국 각지를 여행하고 원나라에서 관직에 올라 17
  년을 살았다. 베네치아로 귀환한 후, 동방에서 보고 들은 것을 마르코
  폴로의 여행기 「동방견문록」으로 펴냈다.

보이지 않는 서책

산티 모이쉬*에게

1

그 서책을 본 사람은 아무도 없다
그러나 누구도 그 존재를 의심하는 사람은 없다
그것은 먼 새벽어둠의 구름 속에 깊이 잠들어 있다
형태도 없고 부피도 없는 그 잠을 깨기에는
우리의 상상력은 너무나도 빈약하고 변변찮다
지금 우리의 등불 아래 펼쳐진 것은
상상을 불허하는 평범하기 짝이 없는 서책의
너무나도 허접한 하나의 비유

2

비유라는 것이 얼마만큼 효과가 있는지 시험해 보자
그 서책의 페이지 수는 전 세계의 책이라는 책의
페이지라는 페이지를 전부 합한 것보다 더 많다
그 돈을 뿌린 천지는 노을 지는 천지를 뛰어넘는다
앞표지와 뒤표지의 떨어진 거리는
동쪽 지평선과 서쪽 지평선 사이보다 훨씬 아득하다

그 서책의 글자 수는······ 하지만 그 책은
문자로 쓰여 있지도 않았고 페이지를 셀 수도 없다

3

그 서책에는 무엇이든 다 기록되어 있다
이 우주의 모든 맥박이 기록되어 있다
장미의 온갖 세로 주름이 기록되어 있다
우리들 한 사람 한 사람의, 순간순간의 행동도 기록되
어 있다
예를 들면 여기에 내가 써넣은 말 하나하나조차도
만약 내가 선을 그어 나 자신의 기술을 삭제한다면
그 삭제조차 빠짐없이 세세하게 기록되어 있다
이 기록 또한 기록되어 있다,라는 기록도 함께

4

그 서책 앞에서 우리는 누구인가
우리가 그것을 읽는 것은 허용되지 않고 반대로

그 서책이 우리를 상세하게 읽는다면
그 서책이란 거울과 같은 눈으로 우리를
매섭게 주시하는 그 눈에 움츠러들어 흘린 활자일까
그 서책이란 우리가 엄중하고 잔인한 감옥에서
옥사의 어둠에 묶이어 초주검이 된 죄수인가
쇠창살에 끼인 푸른 하늘은 결국 도달할 수 없단 말인
가

5

그 불길한 서책을, 우리들 앞에 모습을
드러내기 전에 어서 빨리 불태워버리자
만약 불가능하다면 이에 대해 길게 글로 엮은
그 말들을 불타는 불의 혀에 던져 주리라
그러나 그 말의 연소조차, 그 책의 불길조차
남김없이 기록되어 있다면 우리는 어찌할까
남은 방법은 우리 자신을 종이 불꽃 속에 던져버리는
것
우리 자신이 불에 타서 불꽃의 책에 기록되는 것이다

<옮긴이 주>
* 산티 모이쉬 : 스페인 출신의 현대화가. 4세 때부터 그림을 그리기 시작한 천재 화가로, 현재 국제적으로 많은 주목을 받고 있으며, 일본에서도 여러 장르의 예술가들과 친밀하게 예술적인 교류를 하고 있다.

편지

편지를 쓴다
너에게 쓴다
그러나
지금 내가 쓰는 이 편지는
편지를 읽을 내일의 너는
아직 존재하지 않고
네가 이 편지를 읽을 때
편지를 쓴 오늘의 나는
이미 존재하지 않는다
아직 존재하지 않는 자와
이미 존재하지 않는 자
그 사이의 편지
그것은 존재할까

＊

편지를 읽는다
네가 쓴 편지를 읽는다
아직 존재하지 않는 나에게

이미 존재하지 않는 네가 쓴
너의 필체가 나를
장밋빛 행복으로 감싼다
혹은
빛의 절망에 잠겨
편지를 쓴 어제의 너는
편지 쓰기를 마치자 존재를 멈춘 광원
편지를 읽는 오늘의 나는
그 시점에서는 존재하지 않았던 시선
존재하지 않았던 광원과
존재하지 않았던 시선
그 사이에 있는 편지의 본질은
존재하지 않는 천체로부터
존재하지 않았던 천체에게
어둠을 넘어 전해지는 빛
그것은 존재할까

*

편지를 읽는다
어제 존재하지 않았고
오늘도 존재하지 않는
먼 훗날의 그가
오늘 존재하지 않는 어제의 네가
어제 존재하지 않았던 오늘의 나에게
쓴 편지를 읽고
반사된 장밋빛 행복을 받는다
혹은
제비꽃 빛깔의 절망이 투영되어 그늘진다
존재하지 않았던 자가
존재하지 않았던 자에게 보낸
별도로 존재하지 않았던 것이 바라보는 빛
무에서 무로 방사되고
굴절되어 또 다른 무로
빛이 흐르는 심연
그것은 존재할까

잠에서 깨어

한밤중에 잠에서 깨어 내가 내는 숨소리가
이를 악물고 있는 들개와 같다고 느껴졌다
또는 이를 악물고 있는 개의 숨소리 같았다
나는 놀라서 엉겁결에 일어났던 것일까
꿈속에서 누구를 그다지도 탐욕스럽게 뜯어먹었던 것
일까
아랫배에 꽉 찬 소변을 보려고 마루로 나가
안을 들여다보니 그때까지 내가 잠들어 있던 방이
체온의 남은 열기로 온실처럼 뜨겁다는 것을 알았다
방 안에는 먹다 남은 꿈의 살점들이 흩어져서
고열의 낮은 신음소리를 내고 있었다
이제 잠시 동안 그곳에 돌아갈 수 없다
화장실 창문으로 바라본 구름 속을 달리는 달이
시체를 먹고 온 입술처럼 젖어있다
지금 여기서 소변을 보는 사람은 내가 아니다
나는 달려가고 있는 저 구름 속에 있다

잡초 연구

"잡초 식물의 세계에는
항상 생존 경쟁이 있다.
그중에서도 자기 몸에서 다른 식물에게
해가 되는 물질을 만들어내는 식물이 있다고 한다."
등사판으로 인쇄한 갱지의 리포트에
이렇게 적은 중학생인 너는 아직
식물의 영혼에 대해 아무것도 몰랐다
식물의 영혼이 영체로부터 만들어내는
영적인 물질에 대해 몰랐다

"제가 하지 않았습니다.
동생을 죽인 건 제 영혼입니다
그러니 저 말고 제 영혼을 벌하여 주십시오
저에게는 아무 죄가 없습니다."
라고 어느 범죄자는 호소한다
실상으로서의 인간을 조금 벗어난
인간의 영혼이 있다고 한다면
양미역취를 조금 벗어난
양미역취의 영혼이 있다

양미역취 영혼의 행위는
그러나 양미역취 자신에게
분명 영향을 줄 수밖에 없다
동생을 죽인 범죄자의 영혼의 행위는
범죄자 자신을 교수대에 세우게 한다

양미역취의 영혼을 벗어나
흔들리는 양미역취 군락을
헤치며 인간 세계로 나온 너에게는
조금 벗어나서 흔들리는 영혼이 있었을 것이다
그 리포트에 다음과 같이 기록한 것은
너였을까 아니면 너의 영혼이었을까
"지난해 유달리 많은 양미역취가
눈에 띄었던 곳에서는
올해 그 수가 확연하게 줄었다
다른 식물에게 해를 가하는 물질은
자신 또한 멸하는 것인지도 모른다."

원숭이를 먹는 사람들

난 그리고 싶다 원숭이를 먹는 사람을
마령서*를 먹는 사람을 그린 화가처럼
(밖은 눈보라 치고 있다 안은 불이 타오르고 있다)
이것은 서로 다르지 않다 램프 아래
마령서를 먹는 것과 숲에서 원숭이를 먹는 것은
마령서를 먹으면 마령서의 피가 혈관을 타고 흐르는
것처럼
원숭이를 먹으면 원숭이의 피가 혈관을 타고 흐른다
마령서를 먹는 사람이 마령서가 되는 것처럼
원숭이를 먹은 사람은 원숭이가 된다 그 원숭이의 피
가
죽음으로 가득 차 있다면 죽음의 원숭이가 된다

(죽음은 빨갛게 타오른다 생은 몰아치는 눈보라에 보
이지 않게 된다)
죽음의 원숭이가 될 원숭이를 먹은 사람은 나와 상관
없다
다른 사람이 아니다 죽음의 원숭이를 머리부터 게걸스
럽게 먹는 사람은

죽음의 원숭이가 되어 울부짖는 사람은 나 자신이다
다른 사람이 아니다
　(슬픔으로 찢어질 것 같은 죽음의 원숭이 피는 나의 피
를
　죽음의 원숭이 피로 만드는 것을 격렬하게 꿈꾼다)
　지금 나는 연필을 집어 든 마령서를 먹고
　마령서가 되는 나 자신을 그리면서
　그 연필을 잡은 손끝부터 마령서가 된 화가처럼
　(생은 눈보라 친다 눈보라 친다 불타오른다)

〈옮긴이 주〉
* 마령서(馬鈴薯) : 감자의 한자어. 우리나라에서도 1970년대까지 감자의
　공식 명칭으로 사용되었다. 말에 달고 다니는 방울처럼 생겼다고 해서
　붙은 이름이다.

삼나무

할머니는 말씀하셨지
네가 태어나던 날 산에 삼나무를 심었단다
오늘 너에게 그 나무를 줄 테니
네가 살 오두막을 짓던지
팔아서 돈을 받든지 마음대로 하려무나
내 유방은 쭈글쭈글한 가죽포대
너에게 먹일 젖이 나오지 않아
오오, 그 삼나무는 나와 동갑
나는 도끼를 들어 저항하는 그 나무를 잘라
쓰러뜨리고 도려내서 향 좋은 관을 짤 생각이다
할머니를 산채로 집어넣고 뚜껑에 못을 박아
달도 없고 소리도 없는 바다에 밀어 넣을 생각이다
그것은 대지만큼 늙은 할머니와
하늘만큼 젊은 삼나무와의 영원한 혼인
평생 불행했던 할머니께 드리는 선물
삼나무와 할머니와 나밖에 모르는 범죄야말로
바로 나의 오두막이고 나는 그 오두막에 살며
그 오두막에서 죽을 때까지 살아갈 생각이다
어둠 속에서 겁먹은 달팽이처럼

초령담草靈譚

도시는 악이다 왜냐하면 도시는
매음굴과 환전소와 학교로 구성되어 있으니까
그렇게 선언하고 너는 모든 길가
모든 문에서 주민들을 쫓아냈다
모든 건물 모든 창에 정화의 불을 붙여
뒤돌아보는 뺨을 손바닥으로 때리고 흙발로 짓밟았다
하늘의 불벼락 아래 긴 여정을 맨발로 걸어가
길이 끝나는 곳에서 석양의 불타는 땅에 무릎 꿇게 했
다
피가 날 때까지 흙과 돌을 손톱으로 파내게 했다
움직이지 않으면 개머리판으로 목뼈를 부러뜨렸다
풀숲에 버려서 밤이슬이 능욕하게 만들었다
너는 결코 틀리지 않았다
너의 물처럼 맑은 눈이 그것을 증명한다
그러나 너는 멈추지 말아야 한다
도시를 불태운 손을 쉬지 말고 계속 촌락을 불태우고
상인을 때린 미간으로 농민을 때리고
악의 근원인 인간을 갓난아이까지 죄다
어두워질 때까지 뿌리 뽑아야 한다

모든 인간을 멸한 끝에 남은 단 한 사람
너 자신을, 너의 가랑이 사이 생명의 뿌리를
돌로 부술 때 너의 입가에는
아름다운 미소가 떠오르겠지
너의 육체는 부서진 부분부터 썩어서
뚫린 구멍에는 풀이 자라 바람에 흔들리겠지
무성한 풀과 나무의 여명이 찾아오면
너를 선언한 후, 인간이란 인간을 모두 멸하고
네 생명의 뿌리가 어두운 구멍으로 바뀌는 것은
너 자신이 아니라 너의 육체에 기생하는
연초록의 부드러운
풀의 정령일지도 모른다

어두운 학

두루미를 가까이에서 봤을 때 어둡다고 생각했다
습원에 드리워진 겨울 하늘 탓인지도 모른다
조련사일까
고무장화를 신은 어두운 얼굴의 남자가
구름을 노려보며 뚜루루루하고 울음소리를 내자
두루미는 보이지 않는 태양을 향해 긴 목을 빼고
뚜루루루 하고 울었다
팔을 벌리고 잠바 자락을 휘날리며 달려가자
또 한 마리가 지저분한 날개를 반쯤 벌린 채 쫓아갔다
성장한 두루미의 부부애를 보면
눈물겹다
상대가 죽으면 울부짖으며 주변을 맴돌면서
언제까지나 그 곁을 떠나지 않는다
그러나 시체를 치우면
까맣게 잊어버린다
그 잊는 방식이 어두움이라고 생각했다
그런 두루미의 습성을 만든
어두운 힘이 매섭고 차갑고 무서웠다
신을 생각하면 최근에 본 두루미의
불타는 진흙 같은 눈이 떠오른다

글씨를 쓴다는 것

글씨 쓰기를 익힌 이래로
길지도 짧지도 않은 여정에서
도처에 책상이 있고 의자가 있었다
초등학교에 있던 뚜껑 달린 책상과 등받이 없는 의자
호텔 로비의 마호가니 테이블과 흔들의자
외국 공원의 돌로 된 탁자와 돌로 된 벤치
또는 대륙 횡단 열차의 좌석과 사이드테이블
서 있는 공기가 책상과 의자를 채우는 것처럼
언제나 종잇장과 무딘 연필만 있으면 좋았다
종잇장이 책상이고 연필이 의자였다
뭔가 쓰고 있으면 쓰는 동안 그것만으로 충족되었다
쓴다는 것이 책상이고 의자였다

쥐의 노래

한밤중 검은빛이 나는 기둥에 기대어
천장을 올려다보며 부르는 어머니의 노래
쥐여, 쥐여, 우리들의 친한 친구
그렇게 떠들썩하게 사랑을 나눴으면서
왜 떠들썩하게 아이를 낳지 않는 거니?
인간은 반대다! 몰래 사랑을 나눈 후
아이를 낳고는 칠일 낮 칠일 밤을 야단법석
떠들썩하게 맘껏 축하를 받은 아이들은
성장하면 전쟁터에 나가 죽이고 죽는다
제대로 성장하지 못한 아이들은 손으로 쥐를 잡고
잡은 쥐를 죽이고 오겠다며 집 밖으로 나가서
목숨을 구걸하는 쥐의 애절한 합창에 어찌할 바를 몰라
아름다운 열매가 열린 들판의 아름다운 저녁노을 속에
서 있다
저녁 구름 아래에서도 여기저기 물은 눈부시고
흠뻑 젖은 생명은 이내 조용히
눈을 꼭 감고 하얀 이를 내보였다
이유 없는 죽음을 아이는 잊지 않은 채 늙는다
죽이지 않으면 죽는다, 그러한가?

진실로 그러한가, 인간이여 인간이여
백만 년 된 쥐의 친한 친구여
백만 년 천장을 올려다보는 어머니의 노래여

공포에 질린 사람

우리들이 사는 이 우주가 언젠가는 소멸한다고 생각하면 무섭다

우주에 끝이 있다면 시작이 있을 것이다, 시작하기 전에는 우주가 존재하지 않았다고 생각하면 더욱 무섭다

원래도 없었고 나중에도 없을 우주에 지금 우리가 살고 있다고 생각하면 무섭다

이 우주는 아무런 의미도 없고, 의미가 없는 우주에 우리가 살고 있다는 것 그 자체에 아무 의미가 없다고 생각하면 무섭다

무섭다고 느끼는 것만이 우리 존재의 실체라고 생각하면 무섭다

공포가 끝나는 것은 공포가 시작도 안 한 것과 같다고 생각하면 결정적으로 무섭다

부탁이니 제발 이 의미 없는 우주가 가득 찰 때까지

공포를 계속 성장시키고 증식시켜주기를 바란다 부디 멈추지 말기 바란다

정원

1

이번 여름에는 정원의 흙을 바꿨다
새 흙에 박하 씨를 뿌렸다
이슬을 털고 새잎을 따서
주전자의 끓인 물을 부었다
샐러드 고명으로도 얹었다
샌드위치에도 넣었다
흰 종이에 펜으로 글을 쓰는 책상 위
커피잔에도 섞어 넣었다
손톱 끝도 생각도 온통 박하로 물들었다
정원 빛 가득한 여름이었다
하-하*

2

꽃이 핀 박하의 끝자락은
쓸쓸하다
연보라색이라고 보기에도 너무 연한 색이다

계절의 마지막 노래에 마음을 남기고
손을 뒤로 돌려 정원을 닫고
새 신발로 바꿔 신고
나는 정원을 나왔다
오늘의 정원에서 내일의 정원으로
그것은 가장 더웠을 때보다 더한 더위
견디기 힘든 여름의 끝자락

3

돌로 지어진 이층집을 돈다
그 정원은 딸기와 까치밥나무의 정원
강낭콩과 서양호박 주키니의 정원
큰 파라솔을 펼쳐놓은
정원의 테이블에서
열린 문을 통해 보이는
막 닦은 가스레인지와 싱크대
막 닦은 냄비나 프라이팬
매일 강낭콩과 양고기 조림

당근으로 속을 채운 주키니를 먹었다
딸기 술과 까치밥나무 열매 술에 취해
긴 오후의 정원에서 정원에 대해
끝없이 대화를 했다

4

"어제 정원에서 나와
오늘 정원에 있습니다.
왜 사람들은 정원을 필요로 할까요?
정원 없이는 살 수 없나요?"
"집에 정원이 없는 건
내장에 폐가 없는 것과 같습니다
정원에서 재산을 탕진한 귀족이
영국에 있었는데 행복한 사람이라고 생각합니다"
"정원을 담장이나 담벼락으로 둘러치는 것은
이기적인 느낌이 들어서 견딜 수가 없습니다
통풍이 잘 안 되는 폐는
폐로서 기능하지 않는다고 봐야 하지 않을까요?"

"그러나 담장으로 가려지지 않은 정원은
그 역시 정원으로서 완결되지 않아서
닫혀 있으면서도 열려 있는 거나 마찬가지입니다
그런 정원은 없을까요? 하—하"

5

정원 테이블에 소식이 도착하고
내 신발이 뒤로한 고국에서는 연일
비가 점거하고 있다고 한다
비에 눌러앉은 나의 정원은
아직도 내 정원일까?
산호수의 생울타리로 둘러싸여
입구는 단 한 곳
흰색 칠을 한 나무문은 쉽게 열린다
비바람은 그것을 열고 자유로이
드나들 것이다
비 오는 정원 속 비의 집은
과연 나의 집일까?

6

호텔 창문을 열면
창문 아래는 건널목
건널목 너머는
끝없이 이어지는 정원
물든 높다란 나무 아래를
사람들이 오가고 있다
손잡이가 달린 컵을 들고
나무가 늘어선 그 안쪽 모스크 같은
원형 지붕의 파빌리온*
안으로 들어가 줄지어 선 수도꼭지에서
각각 다른 물을
컵에 받아 마신다
마신 후 다시 마당을 걷는다
정원에서 만난 사람들과
두서없는 대화
그 대화는 정원에 대해서

정원을 둘러싼 여행에 대해서다

7

"이 정원이 참 마음에 들어요.
이곳의 물도 그렇고요
이 나라에서 유일하게 마담이라고
불리는 여배우도 봤어요."
"예전부터 동경하던 여배우입니다.
그녀가 우주를 지배한 여왕 역할을 하는
연극을 쓰고 싶군요.
물론 무대는 이곳 마당입니다"
"여든 살에서 몇 살 더 먹었다고
알고 있는데 그녀는 여전히 아름답습니다
분명히 이 정원과 물 때문일 것입니다
하지만 이제 계절도 끝나갑니다"
"이곳은 가을이 빠르군요
하늘도 이상하리만치 너무 파랗고
이 정원이 닫히면

다들 어디로 가시나요?"
"나는 아프리카로 갑니다
전혀 다른 정원이지요
봄이 오면 다시 돌아올 겁니다
정원에서 장원으로 떠나는 나그네 하-하"

8

피곤한 신발 피곤한 가방
지금 앞을 향해 열린 정원은
가을을 지나 초겨울
장마로 우거진 무성한 풀이
그대로 서서 시들어가고
박하색 여름의 추억도
연보라의 그 마지막 노래도 먼 환청
식물은 땅속 깊이 어두운 여행을 떠나
봄까지 돌아오지 않을 것이다
물든 정원에 서서 이야기를 나눈
햇볕에 그을린 그 부인처럼

나는 집으로 들어가 스토브를 켜고
정원에 대한 묵시록을 넘길 것이다
여행 선물인 갈색 보리수 열매에
뜨거운 물을 부을 것이다
하—하

〈저자 주〉
* 하—하(ha-ha) : 조경용어로 숨은 울타리라는 뜻. 경탄하는 소리에서
  나온 말.

〈옮긴이 주〉
* 파빌리온(pavilion) : 큰 천막, 누각, 정자, 오두막, 막사, 전시관 등. 박
  람회나 전시장, 공원, 정원 등에서 특별한 목적을 위해 임시로 지은 건
  물.

여행하는 피

우리의 내력은 오래되었다
근원이 보이지 않을 만큼 오래되었다
우리는 꼭 껴안은 채
목소리를 낮추고 시간의 피부밑
어두운 강바닥을 쉬지 않고 흘렀다
우리는 언제든 어디든 여행하고 있다
네가 여행 도중에 시원한 나무 그늘에서
장난으로 안은 새끼원숭이에게 물린 상처를 통해
당신 안으로 은밀하게 흘러 들어간 우리들
당신의 온갖 혈관에서 미쳐 날뛰고
온갖 세포를 발열시키고
온갖 장기의 피부를 찢어
홍수처럼 흘러넘치는 우리들
당신이라는 깃발을 찢고서 통과하고
혹은 당신의 목소리와 냄새를
하나하나 기억으로 새겨놓고
우리들 침묵의 여행은 계속된다
그것은 기쁨도 슬픔도 아니다
굳이 말하자면
쉬지 않는 사랑이다

울타리 너머

크고 작은 몇십 개의 돌무덤이
불규칙으로 이어진 유적의 언덕, 다시 언덕
언덕에는 9월 오전의 찬비가 내리고
큰 우산을 쓴 생각하는 사람은
갑자기 울타리 너머를 가리켰다
저 언덕의 쌓여 있는 돌무더기 옆
눈에 들어오는 흔들리는 나무들
저 나무 그늘에서 명상한 사람들은
반드시 눈물을 흘리며 돌아온다고 한다
이유는 모르지만 이상한 힘이 있다고 한다
우리는 일정이 꽉 차 있어서
그 나무 그늘에는 가지 않았다
그러나 마음만은 남겨두고 왔다
두고 온 마음이 조용히 눈물 흘리는 것을
그날 밤 숙소의 꿈의 바다에서 알았다
침대에는 나무들이 덮여 있었다
무성한 잎사귀 사이로 빛이 비쳐들었다
빛은 빛의 말로 친밀하게 말을 걸었다
나는 그것을 물이 스며들듯 이해했지만
지금 우리의 언어로는 번역하지 못한다

우물을 찾다

사람들은 누구나 자기만의 우물을 갖고 있다
그것은 이탄泥炭*의 언덕과 언덕을 여행하면서
마른 풀 냄새에서 배운 지혜의 말이다
이끌리듯 발견한 우물은 언덕 끝의 구덩이
덮어놓은 나무 뚜껑을 열자
이탄 빛의 얕은 수량의 물이 흔들리고
나는 오래전 우리 집 뒷마당에 있던 옛 우물이 떠올랐다
뚜껑이 덮여 있고 기름이 떠 있는 그 우물물을 생각했다
그때로 돌아간다면 그 우물물을 훨씬 좋은 물로 만들
고 싶다
좋은 물을 만들기 전에 나는
내 안의 우물을 먼저 찾아야 한다
나는 우리 집 우물 뚜껑을 뒤덮은 낙엽보다
내 안을 뒤덮은 나태의 엄청난 퇴적을 생각했다
이탄 우물의 웅덩이에 들어앉은 맑은 하늘
뒤얽힌 흐린 하늘 틈새로 내비치는 맑은 하늘처럼
깨끗한 우물물을 마시자 금방 혀와 목에서 갈증이 가
셨다

〈옮긴이 주〉
* 이탄(泥炭, peat) : 탄소 함유량 60% 미만의 석탄을 말함. 지표면에서
캐는 석탄이라 하여 토탄(土炭)이라고도 한다.

아름다운 절벽
다무라 류이치*에게

1로 시작한 두 번째 천년은 0으로 끝난다

세 번째 천년의 시작 지점에서

이천 년대의 끝을 바라보는 눈빛은 어떠할까

예를 들자면 해수면에서 하늘을 향해 날카롭게 갈라진 절벽을

나는 생각한다, 머나먼 빛 속의 어떤 풍경

빨간 대지의 끝에서 막다른 곳에 버려진 묘지

밤바다를 배로 건너 이른 아침 버스에 흔들리면서 찾아갔다

묘지의 막다른 곳은 절벽이다

엎드려 조심조심 아래를 내려다보니

푸른 바다의 하얀 가장자리를 물고 있는 울퉁불퉁한 바위 위

발을 헛디딘 송아지의 사체가 소금물을 빨아들여 부풀어 올라

누렇게 드러난 이빨과 복숭앗빛 갈비뼈가 널브러져 있다

그것은 절벽 위에서 내려다보는 바다

이번에는 반대로 아래쪽 해수면에서 올려다보는 절벽
절벽 위의 아무것도 보이지 않고
그 속을 알 수 없는 깊은 하늘의 푸른빛만 눈에 들어왔
다
올려다보는 내가 타고 있는 나룻배 옆을
흥분이 가라앉지 않는 큰 파도가 넘실대고 있다

〈옮긴이 주〉
* 다무라 류이치(田村隆一, 1923~1998) : 일본의 시인, 수필가, 번역가.
전후 일본 시단을 이끌었던 시문학지 『아레치(荒地)』의 창간에 참여했으
며, 전후 일본시에 다대한 영향을 미쳤다. 현대 문명에 대한 위기의식을
서정과 이지가 절묘하게 균형을 이룬 산문시로 표현했다. 다카무라 고
타로상, 요미우리문학상, 현대시인상 등 수상 다수. 애거사 크리스티의
추리소설 번역자로도 유명하다. 주요 저서로는 『말 없는 세계』, 『노예의
기쁨』, 『허밍버그』 등이 있다.

나무

차가 소란하게 오가는 길 한복판에
큰 느티나무가 서 있고 나무 그늘을 만든다
가는 차도 오는 차도 속도를 줄여 크게 우회한다
어느 해 여름, 누군가의 차로 누군가의 집을 방문했다
차 안의 사람도 찾아간 집도 기억나지 않지만 해마다
엇비슷한 나무와 무성한 잎사귀는 선명하게 떠오른다
길을 뚫을 때 결국 자르지 못하고 남긴 나무라고
기억 속 얼굴 없는 사람은 핸들을 꺾으며 알려주었다
인간에게는 종종 앞길을 가로막는 것이 있다
사람은 그것을 넘어뜨려 딛고 뛰어넘어야 하지만
반드시 넘어뜨리지 말고 우회해야 할 것이 있다
기억 속 얼굴 없는 사람은 그렇게 말하며 핸들을 꺾었고
그 곁을 지나가며 앞 유리 너머로 나무를 올려다보았다

나무와 사람

만약 이 세상에 나무가 없다면
나뭇잎이 짙게 그림자를 드리우는 숲길이 없다면
나뭇가지 사이로 새어드는 햇빛을 받으며
그 밑을 지나가는 나는 없다
눈이 부셔서 찡그리는 내 눈이 향하는 먼 마을은 없다
그곳에서 큰소리로 우는 닭도 없고 짖어대는 개도 없
다
그곳에서 만날지도 모를 푸른 잎사귀 냄새가 나는 젊
은이도 없다
만약 이 세상에 나무가 없다면
주변에서 나에게 침묵을 명령하는 날이 이어지고
그곳에 나가서 나를 풀어놓을 숲이 없고
세포를 녹색으로 되살려서 돌아갈 나는 없다
만약 이 세상에 나무가 없다면

없는 나무

없는 나무에 대해 말하자면, 땅속에 희고 가는 섬모를 퍼뜨릴 뿌리가 없다 중천을 향해 선 늠름한 줄기가 없다 작은 새떼를 쉬게 할 많은 가지가 없다 나뭇가지 사이로 빛을 받아들일 잎사귀가 없다 사람을 올려다보게 하는 잎사귀 너머 하늘이 없다 땅바닥에 드리운 나무 형태의 그림자가 없다 그러나 이처럼 부정형을 나열함으로써 마음은 한 그루 나무를 상상하게 된다 없는 나무는 없는 것으로, 있는 나무는 있는 것으로 동등한 무게로 균형을 이룬다, 없는 나무에 대해 말하자면

이 세상 혹은 상자의 사람

조셉 코넬*을 기리며

Pilgrim on earth, thy home is heaven,
Stranger, thou art the guest of God.
  Mary Baker Eddy*

순례자의 땅에서 네 집은 천국이요,
낯선 사람이여, 당신은 하나님의 손님입니다.
  메리 베이커 에디

그을린 마르멜로* 나무 그늘
쌓인 먼지처럼 무성한 장미
—그 너머로
덩굴풀이 얽혀있는 경계의 철망
닭의장풀일까 개여뀌일까
그것들 식물들의 군락이 펼쳐져 있고
비바람에 씻긴 나무안락의자에 앉아
죽은 사람처럼 가슴의 명치 앞에 두 손을 모은
먼 세상에서 흘러온 표류물 같은 이 사람은
누구인가?
이 사람은 늙어빠진 소년, 쇠약한 천사
이 사람을 꿈의 방주가 낚아챘다
언제였을까 어제? 아니면 백 년 전?

*

이 사람의 진짜 세상은 여기가 아니다
이 사람의 진짜 세상은
꿈의 균열을 뚫어야 하는 먼 곳에 있고
그곳에서 총명하고 견실한 부모가 지켜주고 있다
이 사람은 깃에 풀 먹인 셔츠의 영리한 소년
아름다운 여동생과 영혼이 맑은 남동생이 있다
정장의 등에 날개를 감춘 천사 가족은
황금빛 행복에 둘러 싸여있고
그 아득한 기억의 세상은
눈물의 은하계에 떠 있는 상자와 같다

*

시간이 없는 행복한 세상의 그 출입구에
어느 날 아침 갑자기 방주가 떠올랐다
언제일까 일 초 전? 아니면 몇억 광년 전?

꿈은 언제나 악몽, 악의적인 개입자
죽음이라는 이유로 아버지를 등졌다
남은 가족을 즉시 납치하여
내려준 곳은 이곳 병든 대도시의 뒷골목
이곳에서는 천사들도 인간의 운명을 피할 수 없다
어머니는 병약하여 병이 들었고 여동생은 지쳤고
남동생의 무구한 영혼에도 주름이 늘어난다

＊

저울 위에 올려져 방치된 이 가짜 세상에서
이 사람은 과묵하고 부지런한 가장이기에
누구보다도 일 잘하고 누구보다도 빨리 늙는다
그러나 실체는 진짜 이 사람이 아니다
진짜 이 사람은 늙은 척 거짓 모습으로 숨어서
의자에 널브러져 죽은 자의 모습으로
진짜 세상의 푸른 바다를 호흡하고
바다 위에 뜬 비행기구름을 올려다보고
낮에 뜬 별들의 대화에 귀를 기울인다

*

이 사람은 문득 의자에서 일어나
낙엽 아래를 천천히 내려간다
그곳은 지하와 비슷한 상자 형태의 그만의 세계
그곳에는 선반과 서랍 속에 깔끔하게 정돈된
과자 상자, 알약 상자, 촛불 상자
오려낸 낡은 도판의 악보, 미아들이 쌓아놓은 나뭇더미
조개껍질, 놋쇠 고리, 하늘색 레모네이드 구슬
이 빠진 텀블러, 비눗방울 세트
그것들 또한 꿈의 갈라진 틈을 지나
흘러와 닿은 진짜 세계의 단편들
이 사람은 차분히 시간을 들여
일주일? 30년?
그것들을 고르고 그것들의 위치를 바꿔
마땅한 상자, 마땅한 장소로 옮기고
유연하게 움직이는 손끝에는 언제나 그 진짜 세계의
황금빛 행복의 작은 반사가

둔탁한 오후의 시차가 되어 도착한다

〈옮긴이 주〉

* 메리 베이커 에디(Mary Baker Eddy, 1821~1910) : 미국의 기독교 종교 개혁가이자 '크리스천 사이언스'로 알려진 종교 종파의 창시자. 그녀는 어린 시절부터 심각한 질병에 시달렸고, 20대부터 부모, 형제, 남편을 잃었고, 자식과도 만나지 못하는 등 고난을 겪으면서 영적인 탐구에 매달렸다.

* 조셉 코넬 (Joseph Cornell, 1903~1972) : 미국의 아티스트. 어셈블리지(초현실주의 미술에서, 작품에 쓴 일상 용품이나 자연물 또는 예술과 무관한 물건을 본래의 용도에서 분리하여 작품에 사용함으로써 새로운 느낌을 만드는 물체를 말함. 상징, 몽환, 괴기스러운 효과를 내기 위해 돌, 나뭇조각, 차바퀴, 머리털 따위를 쓴다)의 선구자 중 한 사람으로 초현실주의에 많은 영향을 받았다. 전위적인 실험영화의 제작자이기도 하다.

* 마르멜로(marmelo) : 장미과에 속하는 낙엽 교목. 갈잎큰키나무. 열매는 모과와 똑같고 향기가 나지만 강한 신맛과 딱딱한 돌세포가 있어 날로 먹을 수 없고, 생김새는 모과와 사과를 합쳐놓은 듯한 모양이다.

테러리스트 E · P에게

　동란의 시대, 새천년기의 첫해의 끝, 타고 있는 불 앞
에서
　당신의 귀양살이 말년이 담긴 사진집을 넘긴다
　지팡이를 짚고 등을 펴고 물살 같은 겨울의 미로를 바
라보는 당신
　빛나는 여름의 거목 아래 낮잠 자는 연인들을 배경으
로 선 봉두난발의 당신
　81세의 생일 축하 술잔을 든 사람들로 둘러싸인 무표
정한 당신
　사진 속에는 서류가 아무렇게나 쌓인 선반이 있고
　장년의 수염 짙은 당신의 복제된 초상화가 역시 아무
렇게나 놓여 있다
　그 당시의 강인한 당신은 언어의 테러리스트
　당신 나라의 적국 라디오에서 반복해서
　증권거래소와 타락한 당신 나라를 규탄했다
　당신의 국가는 당신을 잡아가서 유폐시키고 추방했다
　이마에는 지구 표면만큼 깊은 주름 뭉치가 있다
　얼어붙은 갯벌을 건너는 바람 같은 쉰 목소리로
　당신은 내뱉듯이 말한다

내가 걸어온 인생은 거대한 낭비
시와 노래도 운동도 모두 헛수고
그러나 헛수고를 말하자면 천지창조 그 자체다
특히 인류의 탄생과 그 후의 역사야말로 가장 큰 낭비
헛수고 이상으로 돌이킬 수 없는 오식*
당신이 큰 부재감을 남기고 떠난 지 30년
몇천 배, 몇만 배, 계속 팽창하는
당신 나라의 기복 심한 증권거래소
두 개의 바벨탑은 쇠로 된 새 두 마리를 들이키고 자폭했다
자폭한 것은 어쩌면 지구 그 자체
우리가 이 사실을 깨달을 때까지는 시간이 걸린다
깨달았을 때 우리는 이곳에 없겠지
우리는 사라지고 지구도 없어지고
물론 당신의 사진집도 사진집 속의
물가를 헤매는 당신도 사라질 것이다
그러나 당신의 경고의 말은 계속 울려 퍼질 것이다
아무도 듣지 못하는 기억의 메아리로서
별들이 죽어버린 은하라는 갯벌 위를

〈옮긴이 주〉
* 오식(誤植) : 활판에 활자를 잘못 꽂은 것을 말함.

음악

한때 아리모토 도시오*라고 불린 하나의 기척에게

세상은 분자도 아니고 정신도 아닌
그저 단순한 마티에르*로 이뤄져 있다
칠기색 혹은 광물에서 뽑은 단청색 같은 추운 해질녘
나무들이 늘어선 골목 안에서 모성이 부른다
그 소리에 옆을 돌아보는 귀부인의 통통한 가슴
거기에 다리 짧은 검은 개의 모습이 추가된다
닳고 낡은 돌계단, 그 아래 소묘 같은 상점가
그 너머 상상 속 고대 바다의 담채색 물가에서
장롱을 지고 고개를 숙인 채 올라오는 사람
쇠붙이에는 굴이 달라붙어 있고 소금물이 방울져 떨어
진다
(인생이란 짐은 얼마나 무거운가)
(얼마나 무거운지에 대해서는 실체가 없을 것이다)
그가 앉았던 의자나 누웠던 바닥에
아직 기척이 남아 있다고 한다고
그가 있었을 때도 그 기척만 있었을 것이다
이렇게 말하는 우리도 기척에 지나지 않는다
슬퍼하지 마라 슬퍼하지 말라 슬퍼하는 대신
한쪽 관에서 나오는 음악을 준비하라

만약 그 관의 형태에 따라 음에 색깔을 넣는다면
검은 군청색 혹은 군록색의 눌린 붓일 것이다

고래의 여름
다케미쓰 도오루*를 위한 메모랜덤*

작년 여름은 고래를 보러 갔다
짜고 축축한 땀을 닦고 또 닦으며
폐허가 된 항구 마을과 마을을 거닐었고
잊어버린 섬과 섬을 건너갔다
예전에는 3만 마리가 왔다 갔다고 한다
고래 떼는 수평선 어디에도 보이지 않고
고래 전망대가 있던 자리에 우거진 풀숲과
고래잡이 부호가 살았던 저택의 낡은 담이
고래와 사람이 의좋았고 행복했던 나날을 생각나게
했다

　　*

지나간 찬란한 날들의 고래가
얼마나 용감하고 아름다웠던가
그들 신화시대의 기억은
떨어져 나간 말 그림 액자 속 회마*의 바다에서 꼬리
를 흔들고 있다.
그 촉촉한 검은 피부를 그리며

여러 척의 조각배가 한꺼번에 큰 파도를 뚫고 노 저어
가서
  애어*와 같은 작살을 꽂았다
  맨 먼저 작살을 멈추게 한 녀석은 죽자고 덤벼들어 작
살을 입으로 받았고
  양팔을 번갈아 빼서 헤엄치느라 생긴 그 고래의 상처
를 노리고
  남자는 그 미끄러운 등을 타고 올라서 매달렸다
  벌거벗은 남자와 벌거벗은 고래의 맨살이 어우러진 그
림은
  그 어떤 선정적인 그림보다도 요염했다

  *

  그 여름
  방광에 치유할 수 없는 병을 얻은 작곡가는
  꾸벅꾸벅 졸다가 꿈에 고래를 보았다
  고래를 사랑한다라고 아니고 동경한다는 말을
  노트 가장자리에 적었다

"만약 염원이 이뤄진다면 나는 고래처럼
우아하고 단단한 육체를 갖고
서쪽도 동쪽도 아닌 온 바다를 헤엄치고 싶다."
여름이 넘어가고 가을을 통과하여
겨울이 끝날 무렵 작곡가는 세상을 떠났다
그가 동경했던 고래는 지금 육체를 얻어
우리의 바닷속 깊은 곳에서 눈을 크게 뜨고 있다

*

사랑이 사라진 오늘
우리는 고래를 포획하지 않는다
우리가 모르는 바다에서 높이높이
바닷물을 내뿜는 저것은 환상의 고래다
요즘 고래는 서랍 바닥의 오래된 악보에
잉크로 스며들거나 슬그머니
우리 일상의 심층에 가라앉아 있다가
별안간 잡목림 깊은 숲이나
혼잡한 길 건너에서 우리 앞에 나타난다

정면을 보는 익숙한 모습으로 클로즈업되어—
우리는 그 작곡가가 부재하는 긴 봄을
부질없이 보내고
한 번도 바다에 들어가지 못한 채
이번 여름도 끝나가고 있다

〈옮긴이 주〉
* 다케미쓰 도오루(武満徹, 1930~1996): 일본의 작곡가, 음악 프로듀서,
  미학자. 20세기 일본을 대표하는 가장 뛰어난 일본인 작곡가. 재즈, 대
  중음악, 아방가르드, 일본 전통음악, 서양 전통음악 등을 두루 구사하여
  작곡활동을 했다. 1957년 「현악을 위한 레퀴엠」을 작곡하여 세계적으로
  유명해졌다. 드라마, 영화음악 등 실용음악을 비롯하여 총 100여 편을
  작곡했다.
* 메모랜덤(memorandum) : 양해각서. 정식으로 서명되지 않은 각서.
  특정 주제에 대한 제안서 또는 보고서.
* 애마(絵馬) : 일본에서 소원을 빌 때나 소원이 이루어졌을 때 그 사례로
  말을 대신해서 신사나 절에 봉납하는 말 그림 액자.
* 애어(愛語) : 부처나 보살이 중생에 대하여 사랑으로 하는 말.

노지路地에서
나카가미 겐지*의 기억에서

2가 거리의 골목 여기저기 술집에서
만년의 그와 나는 종종 만났지만
이상하게도 길이 어긋나곤 했다
'막 문을 열고 나가려는 참에 그가 들어오거나'
'막 그가 앉은 자리에 방금 전 내가 앉아 있었거나'
그가 걸었던 그 골목이 파괴되고
온 세상의 골목이란 골목이 다 파괴된다 해도
그가 방황 끝에 찾아낸 골목
2가 거리의 그 마지막 골목만큼은
억겁이 지나도 파괴되지 않을 것이다.
왜냐하면 편견이야말로 궁극이고 불사이기 때문이다
파괴된 것은 오히려 그의 생명
그러나 생명이란 본시 무엇인가
만남으로 확인되는 것이 생명이라면
나는 그의 생명을 만난 적이 없다
내가 만난 것은 소문이라는 기척
그 기척이라면 아직도 살아있다
살아있는 것보다 더욱더 확실해져서
나는 그의 기척과 이상하게 길이 어긋나곤 한다

'뒷모습이 굽은 골목의 끝은 한밤중의 낮'
'밝은 어둠, 초록원숭이 숲의 초록의 미궁'

〈옮긴이 주〉

* 나카가미 겐지(中上健次, 1946~1992) : 일본의 소설가. 일본에서 차별
받는 마을인 '부락' 출신으로, 자신이 태어난 부락을 '노지(路地)'라고 이
름 붙였다. 고등학교 졸업 후 상경하여 신주쿠에서 노숙생활과 하네다
공항 등에서 육체노동을 하며 소설을 습작한다. 1976년 '아쿠타가와상'
을 수상했으며, 전후세대 중 첫 수상자였다. 자신의 고향인 와카야마현
기이(紀伊)반도를 무대로 많은 소설을 집필했고, '노지' 공동체를 중심
으로 '기슈쿠마노(紀州熊野) 사가'라는 독특한 토착적인 작품세계를 만
들어냈다. 대표작으로 『천년의 유락(愉楽)』, 『땅끝에서 지상(至上)의 시
간』, 『기적』 등 다수.

일어나는 사람

사토 오니후사*의 무당

저것은 뭘까요? 가장자리 아래
얼어붙은 어둠 속에 웅크린
저 구들구들하게 부풀어 오른 것은?
저것이 빈사의 바닥에서 숨을 멈춘다면
지금 덮고 있는 담요로 둘둘 말아
가느다란 삼베 끈으로 가로세로로 묶어 던져주게
봄까지 잠자게 해달라고 말한 사람의 시체
아니다, 계속 잠들어 있는 살아있는 몸이다
살아있는 꿈이다 저것은

*

물론 가족들은 따르지 않았다
관례대로 나무 관에 넣고 못을 박아
화장장으로 옮겨 불가마에 밀어 넣었다
불에 타고 남은 뼈를 긴 젓가락으로 집어내어 잘게 부
수고
항아리에 넣어 목에 걸고 돌아왔다
그 항아리는 지금 공동묘지의 흙 속에 묻혀 있다

그러나 모포에 푹 싸이고 싶었던 본인의 생각
내던지고 싶었던 가족의 마음은
실체보다 더 확실한 허체虛體를 얻어 그곳에 있다
툇마루에서 내려와 햇볕 드는 정원에
쭈그리고 앉아 들여다보면 그것이 보인다

*

저 사람은 병상에서 편지를 썼다
매일매일
편지 속에서 저 사람은 소년으로 돌아가고
환상의 소녀를 안았다
반복하고 또 반복했다
그 소녀는 환상의 소녀이고
소녀를 안은 사람은 환상의 소년이므로
저 사람을 비난해서는 안 된다
그 편지를 추궁해서도 안 된다
편지는 환상의 편지일 뿐이므로
편지는 환상의 하얀 새가 되어

서리 내리는 새벽하늘로 날아갔으므로

*

환상의 소녀는 환상의 여동생
그리고 먼 날의 환상의 누나
먼 날의 누나는 소년을 불쌍히 여겨
미소를 띤 채 물에 들어갔다
환상의 미소는 파문이 되어 번져나가고
하얀 새가 되어 계속 날았다
소년은 자신도 물에 들어가 새가 되어
하얀 새가 된 누나를 따라가고 싶었다
그것은 먼 날이므로 죽는 날까지 계속되는 꿈

*

저것은 뭘까요? 어두운 호수의 중심에서 벗어난 물 위
꽁꽁 결빙한 얼음 위에서 흔들리고 있는
어두운 밤의 시야에도 하얗게 보이는 저 기묘한 물체

는?
　저것은 병들어 이불 속에서
　하얀 새가 되고 싶었던 병자의 깃털에 덮인
　하얀 긴 목으로 소리 내보고 싶었던 목소리
　호수의 중심에서 사방으로 쩍쩍 갈라지는 얼음
　한가운데 서서 떨고 있는 환상의 목소리

　　　*

　현실의 저 사람은 결혼하고 가정을 꾸리고
　두 딸과 아들 하나를 얻었다
　저 사람은 동트기 전 이른 아침에 출근해서
　귀가하면 집에만 틀어박혔고
　육아는 아내에게 떠맡겼지만
　저 사람의 무심함을 질책해서는 안 된다
　저 사람의 본가는 먼 곳이었고
　우연히 여기로 와서 우연히 남편이 되었다
　우연히 아버지가 된 것에 지나지 않았으므로
　저 사람이 늙은 것은, 늙어가는 아내에 대한 위로

나이 먹는 아이들에 대한 배려이므로

*

현실의 저 사람은 한창 일했을 때
제빙회사에서 얼음을 만들었다
낚아 올린 바다의 신부들을
신선한 채로 잠을 재우는 투명한 잠자리
그 잠자리가 부서져 거기에 나무 관을 채워
신부들을 그 위에 눕혔다
신부들은 누운 채 컨베이어 벨트를 타고
낯선 신랑의 품으로 이동했다
산 신랑과 죽은 신부와의 혼인
혼례는 식칼과 불로 완성되었다
필요 없어진 얼음은 싱크대에 버려졌다
버려지기 위한 얼음을 저 사람은
계속해서 만들었다 계속해서

*

저 사람이 매일 밤 집에 틀어박혀서
그동안 내뱉어온 말도 투명한 얼음이 아니었을까
얼음의 쇠사슬, 얼음의 고삐, 얼음의 화관
누군지 모르는 사람의 손에 닿아 손바닥을 타고
선뜩한 차가움의 기억만을 남기고
눈 깜짝할 사이 사라지는 환상
집은 환상의 제빙 공장
저 사람은 언어의 제빙공이 아니었을까

*

그 사람이 살았던 생애는 길었을까 짧았을까
저 사람이 잠든 사후는 짧았을까 길었을까
그때는 언제일까? 저 사람이 잠에서
깨어난다는 그 봄이 이 정원을 찾아올 때는?
봄은 지금 대체 어디에 있는 걸까?
봄은 어디에도 없어 보인다
저 사람이 보풀 일어난 모포로 몸을 둘둘 감고

삼베 끈으로 가로세로로 묶인 채 잠을 자고 있는 가장
자리 아래

삼베 끈이 잘금잘금 풀리고 모포가 흐물흐물 삭아서
흐트러지고

눈을 비비며 천천히 일어나는 저 사람이 바로 봄이다

그 가장자리 아래 어둠 속에서 밖으로 쏟아져 나오는
푸른 풀들이

시든 정원, 시든 세상으로 펼쳐질 때

되살아난 저 사람은 바로 천지에 가득한

봄

〈옮긴이 주〉

* 사토 오니후사(佐藤鬼房, 1919~2002): 일본의 하이쿠 시인. 10대에 하
  이쿠에 눈을 떴고, 1935년 신흥 하이쿠 잡지 『구와 평론』에 작품을 투고
  하여 당선된다. 태평양 전쟁이 한창이던 1940년 징병 되어 군복무를 했
  고, 종전 후, 사회성 강한 하이쿠의 대표적인 작가로 활약했다. 풍토성,
  토속성, 인간성에 대한 의지와 전쟁의 기억, 신화 등을 모티브로 삼았
  다. 대표작으로 『반가좌』, 『여울머리』 등이 있다.

시인 자신의 묘비명

'모르는 불'이라는 마쿠라고토바*를 가진
유서 깊은 나라가 나를 낳았다
그 사실이 가진 깊은 의미(마음)를 깨달은 것은
더는 나아갈 수도 없고
겨우 도달한 말기의 물방울에 목말랐던 그때
나를 헤아릴 수 없는 성애性愛와 단 하나의 시를 향해
신발 끈을 묶거나 풀 틈도 없는 편력으로
몰아낸 장본인은 누구일까
이 어두움은 알 수 없는 불길이었다
변함없이 맹렬하게 타오르는 불길은 지금도 여전히 시
들지 않아
무덤 아래 뼈조차 쉴 수 없게 한다
잠시도

〈옮긴이 주〉
* 마쿠라고토바(枕詞) : 일본 전통시 와카에서 쓰는 수식어의 일종. 특정
  한 단어 앞에 붙여서 그 의미를 강조하고 정서를 환기하고 어조를 고르
  게 하는 기능을 한다. 일본에서 가장 오래된 시가집인 『만요슈』에서 많
  이 쓰인 기법.

나의 이름은

나의 이름은 죽음을 먹는 자
새로운 불행의 냄새를 예리하게 맡는 자
상갓집으로 재빨리 달려가 죽은 자의 살을 탐하고
원치는 않지만 큰소리로 탄식의 소리를 내지르는 자
나는 양수 속에서 탯줄에 연결되어
밤낮으로 안에서부터 어머니를 갉아먹고
피투성이의 산도를 뚫고 세상에 나왔다.
아버지는 이미 잃었다
친족이나 혈족도 처음부터 끊어져 있었다.
요람도 유모차도 없고 배내옷조차 없었다
입에 물려준 유방에 지저분한 손톱을 세우고
젖꼭지를 물어뜯으며 피가 섞인 젖을 빨았다
그런 나를 어머니는 놀라서 떼어내어 내던졌다
내 나이는 미상이라기보다는 부정확하다
0세이면서 100세, 어쩌면 그보다 더 많을지도 모른다
백발의 주름투성이인 내가 갓난아기의 첫 울음소리를
내지르고 있다
나를 찾는다면 온갖 임종의 침상
빈사자를 둘러싸고 슬퍼하는 가족에 섞여

아무도 눈치채지 못하는 낯선 자
나는 항상 죽음에 목마른 자
멸망에 대한 굶주림으로 계속 괴로워하는 자
스스로 죽기를 거부당한 불길한 자

기묘한 날

2007.12.15

어머니
이제 저는 칠순이 되었습니다
16년 전 78세에 돌아가신
당신은 지금도 78세
저와 겨우 여덟 살 차이
어머니보다는
누나라고 부르는 게
더 맞을 법한 나이
내년에는 일곱 살 차이
내후년에는 여섯 살 차이
8년 후에는 나와 동갑
9년 후에는 제가 연상
그 후로 당신은 점점 젊어져서
누나가 아니라 여동생
머지않아 딸이 될 것입니다
나이란 참으로 기묘합니다

* * *

기묘한 이 느낌의 발단은 16년 전
당신의 종교의식으로 치러진 장례식에
당신의 장남이자 상주인
저는 가지 않았습니다
장례식의 모든 것은 그 종교 단체에서 주관하여
저는 연고가 없는 배석자와 다르지 않다는 것을
미리 알았기 때문입니다
대신 저는 오래된 사진을
찾아내어 확대 인쇄해서
혼자서 저만의 방식으로
편지 형식의 장례식을 치렀습니다
그 사진은 지금도 그때 그대로
일하는 책상 앞에 놓여 있습니다

* * *

60여 년 전의 젊은 과부가
어린 남자아이를 안고 있는 사진
매일 보고 있자니

기묘한 일이 일어났습니다
내 기억 속 만년의 당신이
날이 갈수록 희미해지고 마침내 사라져
사진 속 젊은 당신이 만년의 당신으로 각인되어
이제 더는 당신의 만년의 모습을
재생할 수 없습니다
대체 저는 어찌 된 걸까요

* * *

최근 들어 자주 발생하는
소년들에 의한 노인 살해
자식들에 의한 부모 살해
이런 실태를 들으면 저는
기묘한 생각에 사로잡힙니다
저 또한 늙은 당신을 죽이고
내친김에 늙은 저 자신도 죽이고
알리바이로서 60여 년 전의
사진을 장식해놓은 건 아닌지

사진 뒤 창문 너머 마당에는
수선화 백합의 뿌리와 함께
당신과 저, 두 구의 썩어 문드러진 시체가
사이좋게 묻혀 있는 건 아닌지

* * *

그런데 혈육 살해를 말하자면
당신이 저보다 빨랐지요
60여 년 전 젊은 과부였던 당신은
어린 누나와 저에게 수면제를 먹이고
자신도 복용하고 동반 자살을 시도했었지요
책상 위에는 벚꽃이 무심하게 흩어져 있었지요
다행인지 불행인지 조부모님이 찾아오셔서
안에서 못을 박은 문을 부수고 들어와
의사를 불러 세 사람은 살아났습니다
당신의 자식 살해는 미수에 그쳤지요
누나는 자식 없는 숙모가 납치하듯 데려갔고
그 사진은 그 직후에 찍었지요

제가 그 사진을 꺼내는 것으로서
당신의 살인 미수가 완수되었다고 한다면
우리는 기묘한 공범 관계군요

* * *

제 완수의 결과
당신은 사진 속에 들어가
젊은 과부 역할을 할 수 있고
저 또한 사진 속의 당신에게 안겨
어린 사내아이 역할을 할 수 있습니다
라고 말하고 싶지만
그렇다면 이 사진 앞에서
사진 속의 당신과 저를
바라보고 있는 노인은 누구일까요?
지금 제가 해야 할 일은
사진 앞에 있는 이 기묘한 노인을 죽이는 것
성공적으로 살해를 완수하는 새벽에
그때야말로 말할 수 있을 것입니다

저는 이제 한 살이 되었습니다
아직 두 살도 세 살도
물론 일흔 살도 되지 않습니다
안심하고 쭉 스물다섯 살의
젊은 어머니가 되어주세요
제가 가장 사랑하는 단 한 사람
나의 어머니

소야곡小夜曲
사요코를 위해서

내가 자란 곳은
산 위의 작은 집
집 앞에는 작은 묘지
만발한 풀꽃을 따서
온종일 소꿉놀이를 했다
손님은 무덤 주민들
주민들은 어른도 아이도
나와 같은 작은 키

* * *

부모들은 항상 집에 없고
집 지키는 작은 아이를 불쌍히 여겨
이 옷 저 옷 번갈아 가며 바꿔 입혔다
봄은 풀색
여름은 바다색
가을은 달빛 색
겨울은 불꽃 색깔 양복
손님들은 모두

내 옷을 탐냈다

* * *

한데 그 옷을 벗어서
입혀주려고 하면
다들 사양했다
무덤 집에 사는 사람이 사람의 옷을 입는 것은
엄격하게 금지되어 있다며
그들은 나에게 네가 대신 입어준다면
그걸로 충분하다고 했다
산들산들 부는 바람과 흔들리는 빛 속에서
살랑살랑 흔들흔들
그렇게 말했다 그렇게 미소 지었다
나는 벗은 옷을 다시 입었다

* * *

양복을 만들겠다고 생각한 것은

소꿉놀이하던 때를 훨씬 지나서
헌 신문이나 헌 잡지를 오려내어
풀로 붙여 옷을 만들었다
입은 적도 본 적도 없는 옷
이 세상 어디에도 없는 옷
손님은 한 사람씩 한 사람씩
자신의 무덤 속으로 돌아갔다
싹둑 싹둑 싹둑 싹둑
재단 가위를 움직이면서
나는 손님들의 등을 넘었다

* * *

내 자신의 피 냄새를 알게 된
그 아침을 나는 잊지 못한다
그것은 예전에 소꿉놀이하던 손님들과
결정적으로 소원해진 것
그녀들은 죽음으로 돌아갔고
나는 살아 있다 그것은

산보다도 바다보다도
더 큰 간격을 둔 것
속옷을 빨면서 나는 울었다
울 만큼 울고 나서 눈물을 닦았다
집을 나와 내려갔다

* * *

낡은 문, 새로운 계단
천을 재단하고 재봉틀을 밟는 학교
선생님이 나를 지명하여 일어서서 읽은
잊을 수 없는 교과서의 한 구절
"화장술은 죽은 사람을 되살리고
의상술은 소생한 자를 일으켜 세운다"
그것은 먼 고대의 죽은 나라에서 들려오는 목소리
아니다, 무덤 속에서 들려오는
그리운 목소리

* * *

교실 발표회에서 나에게 마네킹을 시켰다
마네킹은 대신 입는 것
대신 입는 것에 거부감은 없었다
어릴 적부터 쭉
얼굴이 없고 몸이 없는 손님들
대신 옷을 입었으므로 그것은
몸이 없는 사람
대신 몸을 가지는 것
얼굴 없는 사람
대신 얼굴을 가지는 것
나는 입는 것 화장하는 것에
조용히 열중했다

* * *

공들여 화장을 하고
경쾌하게 옷을 입고
기다란 무대를 왔다 갔다 했다

내가 알아낸 것은
죽은 사람과 산 사람이
사실은 차이가 없다는 것
살아있는 그녀들도
사실은 몸이 없고 얼굴이 없다 그래서
대신 화장을 하고
대신 옷을 입을 사람이 필요하다
나 자신이 지금 무덤 사이를
걷는다고 나는 생각했다

* * *

나는 입었다
바람을 입었다
하늘을 입었다
새벽을 입었다
노을을 입었다
바다를 입었다
초원을 입었다

폐허를 입었다
지하 미로를 입었다
고고학을 입었다
점성술을 입었다
신령술을 입었다
입고 벗고
벗고 입으면서 깨달았다
입고 벗는 나도 일종의 옷으로
사실은 누군가가 나를 입은 것이라고
나에게도 사실은
얼굴도 몸도 없다는 것을

* * *

나는 반복해서 걷고 또 걸었고
다시 돌아서서 걸었다
긴 무대, 그것은
몇 바퀴를 돌고 돌아온 세상
그 시간은 일 초

아니면 천년
나를 보고 사람들은 항상 젊다면서
고개를 갸웃거린다
어떻게 하면 늙지 않는지
가르쳐 달라고 한다
늙지 않은 건 아니다
늙을 수 없었던 것이다
자기 자신에게 얼굴이 없고
몸이 없다는 것을 깨달은 자가
어찌 늙을 수 있겠는가

* * *

내가 사랑을 했던가
사랑을 입었을 뿐일지도 모른다
하지만 사랑을 입는 것은
사랑을 하는 것보다
더 큰일인지도 모른다
사랑을 입으면

얼굴 없는 척 안 하는 몸속에 파고들지만
억지로 벗으려 하면
피를 흘린다
그때의 몇 배, 몇십 배나 되는
피가 계속 멈추지 않고
피를 다 흘리고 나면
나는 공기가 될 것이다
공기가 되어
그 주위에서 녹을 것이다
그때가 밤이라면
밤이 되겠지

* * *

몽고반점이 있는
어린 여자아이의 엉덩이처럼
매끈매끈한 보름달이 뜬다
언젠가는 바람이 불어서
보름달 표면에

몽고반점 같은
잔물결을 만들 것이다
반복해서 잔물결을 만들 것이다
달을 씻고 또 씻어내고 난 후에야
새벽이 일어선다
나는 새벽에 녹아
나는 새벽이 된다
예전에 입은 적 있는 새벽에
새벽이 된 나를 입는 것은
누구인가

이 집은

이 집은 내 집이 아닌 죽은 자들의 여관
이곳을 찾아온 영감 강한 친구가 증인이다
색도 없고 실체도 없는 인물들이 스치며 계단을 오르
내린다
그들은 한이 없고 해맑다는 것이 신기하다
라고 그는 말한다, 신기할 것도 없다 내가 그리 바랐
기 때문이다
친한 누군가가 죽어 장례식을 치른 후 돌아갈 때
액땜에 필요한 소금을 나는 가져간 적이 없다
삼각주머니를 가만히 버리면서 나는 중얼거린다
괜찮다면 나와 함께 가세
그 대신 내 일을 도와주게
그렇다 시인의 일은 자기 혼자서는 못한다
반드시 죽은 자들의 도움이 필요하다

* * *

이 집은 내 집이 아닌 죽은 자들의 여관
나에게 오라 하는 것은 엄밀히 말하면 틀렸다

죽은 자들 당신들이 사는 곳에 나도 머물게 해달라는 것이 옳다

　이곳은 처음부터 죽은 자들이 모여들었으므로

　자연스럽게 새로운 죽은 자를 불러들이므로

　그곳에 머물게 해주는 대신 뭔가 답례를 해야 하는 쪽은 나 자신이다

　그들을 편안하게 오래 머물도록 하려면

　부지런히 창문을 열어 환기를 시키고 항상 청소를 거르지 말아야 한다

　그들에게 뭔가를 강요한다는 건 얼토당토않은 일이다

　그 결과로서 시가 탄생했다면

　사실 그것은 내가 아닌 그들의 공적이다

　나는 서투른 대행자에 불과하다는 것을 명심하자

　　　* * *

　이 집은 내 집이 아닌 죽은 자들의 여관

　내 집이라고 할 수 있는 것은 내가 죽은 자가 되었을 때다

좀 더 정확하게는 우리의 집이라는 말이 맞다
죽은 자들 중 하나, 혼령들 중 하나가 되어
나는 더는 시를 쓰지 않는다, 쓸 필요가 없다
이미 모든 추출물이 이곳에서 쓰인 시로 넘치고
더욱이 그 시들은 전부 태어나지 못한 히루코*
살아있는 누군가가 와서 우리들 속에 산다
그가 시인인지 아닌지 우리는 알 바 아니다
다만 바라건대, 그가 모반의 기운을 일으켜 이 집을
부수지 말기를
　우리와 자기 자신을 집 없는 불행한 아이로 만들지 말
기를
　태어나지 못한 시들을 히루코처럼 완전히 뼈 없는 아
이로 만들지 말기를

〈옮긴이 주〉
* 히루코(蛭子) : 일본 설화 속의 아이 이름. 태어나자마자 몸이 거머리(蛭
　=하루코)처럼 부드러워서 붙여진 이름. 뼈가 없는 채로 태어나 세 살이
　넘어도 걷지 못하자, 그의 부모가 갈대로 만든 배에 태워 바다에 내다
　버린다.

156

죽은 자들의 정원

가와타 야스코* 부인에게

친한 사람이 한 사람 죽으면 묘목을 한 그루 심는다
그것이 그녀가 새로 시작한 인사법
새로 죽은 자에게 건네는 정중한 인사말이다
죽은 자들은 나날이 성장하는 것으로 그녀에게 응답한
다
꽃을 피우고 열매를 맺어 새로운 싹을 틔운다

그녀는 자신이 죽음에 대해 아무것도 몰랐다는 것을
깨달았다
죽음은 끝이 아니고 시시각각 성장하고 계속 심어나가
는 것이다
눈부신 것, 삶을 뛰어넘어 생기 있고 강한 것이다
길을 가던 사람은 아무것도 모르고 멈춰 서서 눈을 가
늘게 뜨고 바라본다

〈옮긴이 주〉
* 가와타 야스코(川田靖子, 1934~) 일본의 시인, 프랑스 문학자. 1972년
시집 『북방사막』으로 오구마히데오상 수상. 시집 『오로라를 보러』, 『바람
의 장미』, 『나의 정원은 나를 닮았다』, 번역서 『컬러판 세계의 문호총서
21 프루스트』, 『라퐁텐 우화』, 『프랑스 여성의 역사 루이 14세 치하의 여
인들』 등 다수의 저서가 있다.

시인을 죽이다

뤄잉*에게

11월의 베이징에서 우리는
시의 병세에 대해 논쟁을 벌였다
시는 덮어놔선 안 될 만큼 병들어 있다
병세는 가속도가 붙으면서 진행 중이다
내부부터 갉아 먹혀 흡사 빈사 상태 같다
우리들 시인은 무엇을 해야 할까
우리는 소위원회에서 이마를 맞댔고
대위원회에서 침을 튀기며 설전했다
논쟁으로 뜨거워진 머리를 식히려고
우리는 바깥 공기를 쐬러 나왔다
가을 풍경과는 딴판인 북경의 흐린 날씨
썩어서 녹은 달걀 같은 빛 아래
가로수가 잎사귀 떨구는 것을 필사적으로 참고 있다
불도저가 여기저기에서
굉음을 내며 거리의 유혼幽魂을 부수고 있다
파괴하는 자는 우리와 별개인
다른 누군가가 아닌 바로 우리 자신
시를 좀먹는 세력과 별개의
시인들이 존재하는 것은 아니다

우리들 시인이 시를 갉아 먹는다
우리는 준비된 버스를 타고
마지막 황제가 살았던 별궁에 갔다
하늘이 잘 보이는 산속 누각의 꼭대기에 올라
땅끝 절벽에 이어지는 인공 호숫가에 섰다
백 년 전 그 호수에 한 시인이 몸을 던졌다
오랫동안 수수께끼였던 그 이유를 이제는 알 것 같다
그 무렵 이미 시는 구원이 어려울 만큼 병들어 있었다
발병의 원인은 다름 아닌 시인이다
시인이 안쪽부터 시를 갉아먹고 있었다
시를 구하려면 시인을 죽이는 수밖에 없다
그는 자신이 투신하는 것으로서 시인을 죽였다
적어도 그 사람 안에서는 자신을 죽임으로써
시는 강건하게 되살아났음이 틀림없다
검은 잔물결이 그 말을 속삭여준다
다음 날 아침 우리는 첫눈이 내리는 베이징을 떠났다
일 년 후 10월에 도쿄에서 재회하는 우리의
의제는 '시인을 죽이는 방법'이 될 것이다
꼭 그래야만 한다

우리 안의 시인을 죽이는 것 외에
시를 구할 방책은 없다

〈옮긴이 주〉

* 뤄잉(駱英, 1956~) : 중국의 시인, 소설가, 기업인. 본명 황누보(黃怒
波). 중국 간쑤(甘肅)성 란저우(蘭州)에서 태어나 닝샤(寧夏)에서 성장했
다. 1981년 베이징대학교 중문과를 졸업했다. 1976년부터 시를 쓰기 시
작하여 1992년에 첫 시집 『더 이상 나를 사랑하지 말아요』를 시작으로
『우울함을 거절하다』, 『뤄잉집』, 『도시유랑집』 등을 출간했다. 산업사회
로 빠르게 전환된 중국사회에 대한 반성적 사유, 도시 문화의 부정적인
면을 경험과 상상을 바탕으로 표현한 시들이 많다. 전 세계 일곱 개의
주요 봉우리를 등정하고, 남극, 북극을 탐험한 기록을 시로 남기기도 했
다. 한국에서는 『작은 토끼』, 『7+2 등산일기』, 『문혁의 기억』 등 세 권의
시집이 출간되었다. 1995년부터 베이징에서 25개의 계열사를 지닌 대
기업 '중쿤그룹(中坤集團)'을 경영하고 있다. 중국시가학회 이사, 베이징
대학교 시가센터 중국신시연구소 부소장 등으로 활동하고 있다. 영어,
불어, 독일어, 몽골어, 한국어, 터키어, 일본어 등 세계 각국에서 시집
이 번역, 출간되었다.

6월의 정원

와키타 가즈* 씨의 90번째 생일에

6월의 아침에 나는 태어났다

나의 탄생으로 6월의 정원은 빨갛다

요람, 침대⋯⋯등 바다 건너에서 가구를 운반해왔다

짐을 실은 배는 아침 하늘의 붉은빛에 취한 바닷가 만에 산처럼 정박하고

빨간 수건에 잠옷 입은 산욕의 어머니는 나를 보고 미소를 짓고

빨간 나비넥타이를 맨 가구상 아버지는 인주를 묻혀 출납부에 도장을 찍는다

제복 입은 형과 누나들은 트럼프의 하트 카드나

다이아몬드 게임의 말처럼 빨간 것을 좋아하여

원숭이 엉덩이 같은 갓 태어난 동생을 만지러 온다

나의 빨간 잠과 기상은 이미 약속되어 있다

저녁노을 속을 달리는 여객선을 탄 수많은 긴 여행과

난로가 빨갛게 달아오른 교실에서 목탄지*를 향해있던 나날

내가 보이지 않는 창가에는 보이지 않는 빨갛고 작은 새가 매일 와서

나와 베개를 나란히 한 아직 젊은 어머니를 빨간 노래

로 축복한다

　너의 둘째 아들은 그림 붓으로 일어설 것이다

　내면에서 피를 흘리는 착한 아내를 맞아 두 아들을 낳
고

　붉은 전쟁과 붉은 병을 딛고 오래 살아남아

　무수한 색의 그림을 그리고 붉은 6월의 정원을 그릴
것이다

　정원의 생명과 환영의 미로로 수많은 손님들을 초대할
것이다

〈옮긴이 주〉

* 와키타 가즈(脇田和, 1908~2005) : 일본의 서양화가. 동화적이고 따뜻
　한 느낌을 주는 작풍이 특징이며, 주로 유채화를 그렸다. 주요 작품으로
　「창」, 「대화하는 새들」 등이 있다. 교쿠지쓰쇼(旭日小) 훈장을 수훈했고,
　1998년 문화공로자로 선출되었다.
* 목탄지(木炭紙) : 목탄화를 그리는 종이.

귀환

원래 신화는 가정에 관한 이야기였습니다 —눌라 N 고놀*

신화는 왕의 손에서 손으로 전달된 오랜 편력을 거쳐
산실로, 가정으로, 가족에게로 돌아갑니다
늙은 가부장은 모든 신들의 신전 주재자와 같아서
밧줄 끝에서 날뛰는 어린 개들을 앞세우고
평소의 일과인 저녁 산책하러 나갑니다
금빛이 사라진 하루의 종언을 배경으로
나무들은 작은 새들로 주렁주렁 열매 맺는 그림자를
드리우고
소들은 고개를 숙이고 차가운 풀을 뜯고
어제와도 그제와도 전혀 다름없는 온화한 시간
그러나 똑같아 보이는 건 뒤집어쓴 표면일 뿐
새로운 날은 옛날과 전혀 다른 내면을 숨깁니다
갑자기 백 마리 중 한 마리의 눈에 핏발이 섭니다
이백 개의 눈이 일제히 노인과 개들을 향합니다
겁에 질린 개들의 울부짖는 소리가 흥분을 한층 곧추
세워
경악하여 밧줄을 놓치고 서 있는 인체로 돌진합니다
위를 향해 쓰러진 얼굴을, 가슴을, 사백 개의 다리가
짓밟고 지나갑니다

밧줄을 질질 끄는 개들의 울부짖는 비명을 따라
가족들이 발견한 것은 진흙과 피로 장엄하게 이뤄진
이제는 이승에 속하지 않는 맑은 가면
시체에 매달린 고전적인 유형에 따라
딸은 이마가 빛나는 눈앞 구름에 있는 것을 봅니다
멀리서 가까이서 검은 집들의 창문에 불이 켜지고
세상은 원시의 짙푸른 시간으로 뒤덮입니다

〈옮긴이 주〉

* 눌라 N 고뇰(Nuala Ní Dhomhnaill, 1952~) : 아일랜드의 시인. 영어
  의 영향이 큰 아일랜드에서 아일랜드어로만 시를 쓰는 몇 안 되는 대표
  적인 시인. 부권주의적인 아일랜드 사회에서 억압되어 온 여성의 목소
  리를 대변하는 작가이자 페미니즘 시인. 영어, 프랑스어, 독일어, 폴란
  드어, 이탈리아어, 노르웨이어, 에스토니아어, 일본어, 영어 등 세계의
  여러 언어로 작품이 번역되었다.

다카하시 무쓰오(高橋睦郎) 씨에게
36가지 질문

티엔 위안(田原)

질문1= 1959년 21세 때 첫 시집 『미노·나의 황소』를 출간하셨는데요. 시집 후기에 따르면 그 시집에는 14세 때 쓴 시도 포함되어 있다고 하셨습니다. 구체적으로 언제부터 시를 쓰기 시작하셨는지요? 그리고 어떤 상황에서 시를 쓰게 되셨는지요? 요컨대 처음 시를 쓰셨을 때 다른 시인의 작품을 읽고 감동하여 자극받아 시를 쓰게 되셨는지, 아니면 자발적 혹은 본능적으로 시를 쓰게 되셨는지요?

답변= 초등학교 2학년 겨울 무렵이었는데, 처음에는 학교 숙제로 시를 썼습니다. 그렇게 보자면 교사의 강제에 의한 결과이겠지만, 어린 시절 어머니는 저를 숙모댁이라든가 남의 집에 맡기곤 했습니다. 그런 환경에 의해 제 안에 쌓여 있던 외로움이 기회를 얻어 분출됐다고 할까요. 4학년 때부터는 매일 오전 두 시간씩 주어지는 자유학습시간에 동화 같은 글만 썼습니다. 시 쓰기가 습관화된 것은 중학교 1학년 겨울부터입니다. 동화든 시든 글쓰기는 가난하고 고독했던 저와 언제든 가까이서 놀아주었고, 저에게 가장 손쉬운 완구가 '언어'였던 셈입니다.

질문2= 저는 다카하시 씨의 두 번째 시집 『장미나무 · 가짜 연인들』에 쓴 다니카와 슌타로(谷川俊太郎)¹⁾ 씨의 서문을 읽고 큰 감명을 받았습니다. 이 서문은 엄청난 명문입니다. 이 글에서 다니카와 슌타로 씨는 역시 일본 최고의 시인이면서 최고의 문학평론가라고 생각했습니다. 세 번째 시집 『잠과 범죄와 낙하와』에 당시 39세였던 미시마 유키오(三島由紀夫)²⁾ 씨가 쓴 서문도 굉장한 명문입니다. 글이 정말 좋았습니다. 후세에 큰 이름을 남기신 두 분의 서문을 읽고 다카하시 씨가 참으로 부러웠습니다. 당시 다니카와 슌타로 씨는 32세였습니다. 이 시인과는 어떻게 만나셨는지요? 왜 다른 시인이 아닌 그분에게 서문을 요청하셨는지요?

답= 기타큐슈에서 고등학교 때 읽었던 그의 시집 『20억 광년의 고독』의 인상이 아주 강하게 기억에 남아 있었기 때문일까요? 고등학교 2학년 여름에 무모하게도 저는 연필로 쓴 시 창작 노트를 고명하신 미요시 다쓰지 (三好達治)³⁾ 시인께 보냈습니다. 그랬더니 뜻밖에도 따뜻한 격려의 답장을 보내주셨습니다. 『20억 광년의 고독』

은 미요시 다쓰지 시인의 서문과 함께 세상에 나왔습니다. 그런 연유로 저는 미요시 다쓰지 시인의 서문이 실린 시집의 저자에게 마음속으로 친근감을 가지고 있었습니다. 저는 폐결핵에 걸려 요양하다 2년 늦게 대학을 졸업한 후, 도쿄에 상경하여 광고제작회사에 취직한 지 2년쯤 지나 시집을 정리하려던 참이었습니다. 당시 전위예술의 아성이었던 소게쓰(草月)회관에 전위영화를 보러 갔다가 상영이 끝나 자리에서 일어난 관객 사이에서 다니카와 슌타로 씨를 발견했습니다. 용기를 내어 다가가서 저에 대한 소개를 하고 원고를 봐주십사 부탁드렸는데, 원고를 보내라고 답변해 주셨고, 원고를 보내드리자 발문을 써주셨습니다. 그 원고가 바로 두 번째 시집『장미 나무·가짜 연인들』입니다. 출판한 후 이 시집을 몇 분에게 보내드렸더니 미시마 유키오 씨에게서 전화가 왔습니다. 미시마 유키오 씨와는 그렇게 만났고, 긴자의 고급 중화레스토랑에서 성대하게 대접해 주셨습니다. 그때 미시마 유키오 씨는 다니카와 슌타로의 발문은 좋은 글이지만 나 같으면 이와는 다른 글을 쓰겠다고 하셨습니다. 우연히 그때 다음 시집『잠과 범죄와 낙하와』원고가 가방 안에 있었던 터라, 괜찮으시다면 이 시집의 발문을 써주셨으면 한다고 부탁드렸습니다. 그 일이 있고 나서 열흘쯤 지났을 때 발문을 받았습니다. "이 발문은 내가 좋아서 쓴 글이니 사례 같은 건 생각도 말게. 선물하겠다고 과자 상자 하나도 들고 오지 말고."라고 하셔지요. 다음 시집 『더러운 자는 더욱 더러워질 행동을 하라』의 시부사와 다쓰히코(澁澤龍彦)[4] 씨의 발문도 포함하여, 참으로 행복한 출발이었다고 생각합니다. '다니카와+미시마+시부사와÷3=다카하시'라고 혹평을 한 사람도 있었지만요.

질문3= 다카하시 씨와 개인적인 이야기를 나누다 다카하시 씨는 태어난 지 얼마 지나지 않아 아버지를 여의셨다는 것을 알았습니다. 아버지가 부재한 소년 시절을 어떻게 보내셨는지요? 저는 모든 시인들에게는 소년 시절이 매우 중요한 시기라고 생각합니다. 어찌 보면 성장 후 시인의 작품 방향과 질감, 시적 모티브와 큰 관련이 있다고 생각하는 까닭입니다.

답= 제가 태어난 지 105일 째에는 아버지가, 106일 째에는 큰 누나가 세상을 떠났습니다. 작은누나는 아이가 없던 숙모에게 빼앗기다시피 맡겨졌고, 어머니는 저를 저의 친조부모에게 맡기고 먼 도시로 일하러 나갔습니다. 조부모님은 나이가 상당히 많을 때까지도 일하셨으므로 어머니가 보내주시는 양육비의 일부로 저를 고모나 다른 사람에게 맡겼습니다. 어린 날의 절망적인 고독 속에서 공상과 '언어'와 노는 방법을 익혔다고 생각합니다. 지옥이라는 말에 어울리는 나날이었지만, 그에 반해 자연은 저의 오감에 파고들어 사무치게 아름다웠던 것도 잊히지 않습니다. 초등학교에 입학하기 조금 전에 어머니는 중국 톈진에서 돌아왔습니다. 그로부터 성인이 될 때까지 어머니와 저는 둘만의 모자 가정에서 자랐습니다. 그러나 그전까지는 생이별이나 다름없이 떨어져 살았던 어머니에게 저는 모종의 거리감을 느꼈고, 그 거리감이 가져다준 고독이 저를 시로 이끌어준 것 같습니다.

질문4= 일본의 현대시 시인 중에, 전통시가인 하이쿠(俳句)[5], 단카(短歌)[6], 노(能)[7], 교겐(狂言)[8]의 각본, 소설, 에세이까지, 전반적으로 다 쓰시는 분은 드뭅니다. 그런 의미에서도 다카하시 씨는 독특한 존재라고 생각합니다. 다카하시 씨의 시에는 하이쿠가 가진 응축의 이미지가 있고, 또 소설이 가진 서사성도 느껴집니다. 현대시를 쓰는 것과 하이쿠와 단카를 쓰는 것의 차이는 무엇일까요?

답= 자유시도, 정형시 단카나 하이쿠도 일찍부터 써왔기에 내 안에서 생리화 되어 있어 극히 자연스럽습니다. 쓰고 싶은 충동이 일어날 때 그 충동이 자연스럽게 그에 맞는 형식을 취하기 때문에 어떤 형식으로 쓸까 망설인 적이 없습니다. 산문도 마찬가지입니다.

질문5= 최근에 중국 출판사의 의뢰를 받아 이백(李白)[9]의 한시(漢詩)를 현대 일본어로 번역하셨지요. 저는 그 번역문을 읽고 역시 다카하시 씨만이 할 수 있는 번역이라고 새삼스럽게 생각했습니다. 한시에 정통하신 다카하시 씨에게 한시란 어떤 존재인가요? 전쟁 전의 일본 시인 중에는 한시에 조예가 깊으신 분들이 계십니다.

이는 그분들이 살았던 시대에 수준 높은 한문교육을 받은 것과 관련이 있습니다. 예를 들어 도이 반스이(土井晚翠)[10]도 그중 한 사람이라고 보는데, 그들은 한시의 영향을 불필요하게 많이 받았다고 생각합니다. 그러한 시는 한시의 이미지에 크게 의존하고 있습니다. 그들의 시를 읽다 보면 금방 한시가 기반임을 알 수 있습니다. 또한 일본어의 변화나 갱신의 속도에 따라 아직 백 년도 안 지났음에도 지금 그들의 작품을 읽으면 시대에 뒤떨어진 느낌마저 듭니다. 물론 그러한 작품을 썼던 그 시대 특징의 한계라는 점도 문제일 수 있겠지요. 2년 전 주오 코론사(中央公論社)에서 출판된 다카하시 씨의 『한시백수(漢詩百首)』를 읽고, 한문에 탁월했던 그들과 어깨를 나란히 할 만큼 다카하시 씨의 뛰어난 한시 지식을 실감했습니다. 다카하시 씨가 한시를 능숙하게 해독하시는 것은 하이쿠, 단카 등 전통시와 함께 현대시를 써온 작가이기 때문일 것입니다. 그럼에도 다카하시 씨의 시에서는 한시의 영향이 전혀 느껴지지 않습니다. 한시를 잘 소화하여 완전하게 자신의 것으로 만드는 방법과 비결은 무엇인지요?

답= 도이 반스이 시대의 일본 시인들은 기존의 단카나 하이쿠와는 다른 새로운 체제의 시를 확립하고자 다양한 시행착오를 겪었습니다. 도이 반스이는 한자 어조를, 시마자키 도손(島崎藤村)[11]은 일본 고유 어조를 기본으로 삼았습니다. 이상적인 형태는 오히려 그들보다 15년 앞

선 번역시집 『오모카게(於母影)』(1889년 출간)를 펴낸 모리 오가이(森鷗外)[12]에 있다고 봅니다. 그가 독일의 니콜라우스 레나우[13]나 영국의 조지 고든 바이런[14]의 작품을 한시로, 중국 명나라 초기 시인 고청구(高青邱)[15]의 시를 일본 고유 어조로 번역한 것을 보면 그가 생각했던 일본 시의 이상향을 엿볼 수 있는 대목이라 생각합니다. 그러나 도이 반스이의 한자 어조가 지나친 면이 있다 할지라도 전후 일본 시인들이 한문이 가진 풍성한 토양을 버린 것은 아쉽고 안타까운 일입니다. 제 경우는 그 시기에서 한참 지난 후지만 어떻게든 한문이 가진 풍성한 토양을 되찾아 일본어 시를 폭넓게 만들고 싶은 간절함이 있습니다. 제가 한시를 완벽하게 소화했다고는 생각지 않습니다. 그러나 제대로 소화하려면 한시를 낯설게 여기지 않고 일본어 시와 한 핏줄임을 인식해야 합니다.

질문6= 전쟁 전과 전후의 일본 현대 시인을 통틀어 가장 좋다고 생각하는 시인의 이름을 다섯 명만 열거해 주시기 바랍니다. 현재도 건재한 시인을 꼭 한 분 포함해 주세요.

답= 간바라 아리아케(蒲原有明)[16], 하기와라 사쿠타로(萩原朔太郎)[17], 요시오카 미노루(吉岡実)[18], 다무라 류이치(田村隆一), 다니카와 슌타로(谷川俊太郎).

질문7= 홍콩의 문학행사에서 나눴던 대화 중에 다카하시 씨는 호르헤 루이스 보르헤스[19]로부터 큰 영향을 받았다고 하셨습니다. 사실 보르헤스는 미국 시인 로버트 프로스트[20]의 간결하고 소박하며 뜻깊은 시를 가장 높게 평가했습니다. 지금까지 다카하시 씨가 쓰신 작품을 보면, 확실히 보르헤스와 비슷한 부분을 감지할 수 있습니다. 특히 시, 소설, 각본, 평론 등 여러 장르를 동시에 다루시는 점이 그렇습니다. 질문입니다만, 구체적으로 보르헤스의 어떤 점이 가장 좋으신가요? 보르헤스 외에 어떤 외국 시인 또는 작가, 철학자, 평론가, 예술가의 영향을 받으셨는지요?

답= 내가 이해한 바로는 세상도 자신도 허망하다는 것, 오히려 허망함으로써 자신도 세계도 존재한다는 것이 보르헤스의 출발점이 아닐까요? 그 점이 강하게 끌립니다. 그 외에는 게오르크 트라클[21], 라이너 마리아 릴케[22], 프리드리히 횔덜린[23], 장 주네[24], 생존 페르스[25], 폴 발레리[26], 스테판 말라르메[27], 페데리코 가르시아 로르카[28], 안토니오 마차도[29], 미겔 데 우나무노[30], 에즈라 파운드[31], 윌리엄 예이츠[32], 에밀리 디킨슨[33], 에드거 앨런 포[34], 댄 브라운[35], 윌리엄 셰익스피어[36], 단테 알리기에리[37], 푸블리우스 오비디우스 나소[38], 푸블리우스 베르길리우스 마로[39], 그리고 고대와 현대 그리스의 시인들과 철학자들, 중국 시인들과 사상가들, 일본 고전문학에서는 오토모노 야카모치(大伴家持)[40], 무라사키 시키부(紫式部)[41], 세이쇼 나곤(淸少納言)[42], 이즈미 시키부(和泉式部)[43], 후지와라노 사다이에(藤原定家)[44], 제아미(世阿弥)[45], 마쓰오 바쇼(松尾芭蕉)[46], 요사 부손(与謝蕪

村)[47], 우에다 아키나리(上田秋成)[48] 등이 있습니다.

질문8= 가장 성숙한 작품을 남기는 중년시대에 왜 별로 작품을 쓰지 않으셨는지요? 그 이유가 알고 싶습니다. 만약 그때부터 완전히 시와 연을 끊었다면 혹시 지금 이 세상에 살아 계실까요? 시와 연을 끊은 채 살았다면 지금 어떤 삶을 살고 계실까요? 실례가 되겠지만 상상도 포함하여 대답을 부탁드립니다.

답= 27세에서 42세까지 15년간은 글을 쓰고도 자신감을 못 느끼는 큰 슬럼프에 빠져있던 시기였습니다. 그럼에도 아예 글쓰기를 그만두지 못한 이유는 글쓰기를 그만두더라도 달리 의욕을 가질 만한 일이 없었다는 점, 비슷한 시기에 출발한 가상의 라이벌들에게 뒤처지기 싫었다는 점, 이 두 가지 형이하적인 이유가 전부입니다. 만약 글쓰기를 접었다는 상상을 하는 것만으로도 무섭고 두려워서 상상 자체를 할 수 없습니다. 그러나 그 슬럼프 동안에 동서고금의 고전을 읽고, 국내외 무대 예술을 보고, 국내외를 여행한 것이 훗날의 부활을 위한 밑거름이 되어주었습니다. 그 시기에도 그저 맹렬하게 쓰고는 있었습니다.

질문9= 만약 다시 태어나면 어떤 성생활을 하실 것 같으신지요? 현재와 똑같이 살고 싶으신가요?

답= 무릇 성애란 이성, 동성, 다른 생물, 무생물, 관념…… 어떤 것에게도 향한다고 봅니다. 심지어 무(無)로도 향한다고 생각합니다. 지금의 제 성애의 대상은 우연일 뿐이고, 그다음 대상이 무엇이든 괜찮습니다. 다시 태어나더라도 사정은 같을 것입니다.

질문10= 다카하시 씨와 이야기를 나누면서 자신의 어머니가 돌아가셨을 때, 상주임에도 장례식에 참석하지 않았다는 이야기를 듣고 놀랐습니다. 그 원인과 당시의 심경을 들려주세요. 그 외에도 젊었을 때부터 수십 년 동안 혼자서 어머니를 돌보며 모든 경비를 지원해 오셨다는 이야기도 하셨습니다. 시집 『영원까지』에 실린 「기묘한 날」이라는 시의 마지막 구절에서 '제가 가장 사랑하는 단 한 사람 나의 어머니'를 읽고 감동했습니다. 그리고 다카하시 씨가 굉장한 효자라는 것을 알았습니다. 저는 처음 다카하시 씨에게서 '어머니 무덤이 어디에 있는지 모른다'라는 말을 들었을 때 솔직히 말해서 말문이 막혔습니다. 그런데 시 '기묘한 날'을 읽고 나서 저는 다카하시 씨의 어머니 무덤이 어딘지 알 것 같았습니다. 즉 지구가 어머니의 무덤인 것입니다. 맞는지요?

답= 어머니가 믿었던 종교는 장례식장에 신자가 아니면 들어갈 수 없었고, 저는 그 종교가 아니어서 장례식장에 들어갈 수 없다는 사실을 알았으므로 굳이 참석하지 않았습니다. 그리고 어머니 스스로 그 종교를 선택하셨으니 그 종교를 신앙하는 그들의 배웅을 받는 것이 온당하다고 생각했습니다. 영구적인 공양 비용을 냈더니, 이후로도 어머니의 유골을 볼 수 없다는 것을 염두에 두기를 바란다는 통지가 왔습니다. 어머니의 무덤은 아들인 나의 기억입니다. 추모하는 사람의 기억 말고는 어디에도 죽은 사람의 무덤은 없습니다. 우리가 보는 무덤은 그 형상에 불과합니다.

질문11= 다니카와 슌타로의 시는 반세기 넘게 다양한 연령층과 수준 높은 독자들에게 사랑을 받아왔습니다. 그 원인 중 하나가 그의 시에는 '친절함의 무게'가 내재하기 때문이라고 생각합니다. 저는 어느 글에서 그를 '아시아의 자크 프레베르[49]'라고 칭했습니다. 물론 아동을 위한 시, 전문 시인과 일반 독자들 누구나 고루 읽을 수 있는 시라는, 시가의 다양성도 관련이 있습니다. 저는 다니카와 슌타로의 시에서 '시의 매력은 감성에서 왔구나!'라는 것을 알았습니다. 지금 많은 시인들이 쓰고 있는 시는 그저 쉽거나 혹은 뜻을 이해할 수 없는 문자상의 무거움, '실제로는 착각의 무거움'으로만 끝나는 시가 대부분이라고 생각합니다. 요즘 많은 현대시는 '무거움'을 피해 '가벼움'을 거론하거나 혹은 그와는 반대의 형태를 취하곤 합니다. 여기서 말하는 '피한다'는 것은 언뜻 보면 주관적인 뉘앙스를 주지만, 사실 '피한다'는 것은 자각적인 것이 아니라 시인의 기질, 타고난 소질 및 언어 감각과 관련이 있습니다. '무거움' 혹은 '가벼움' 중 하나를 버리면 뒷맛이 남아 있지 않거나 이해할 수 없는 형태뿐인 경우가 부지기수입니다. 양쪽의 균형을 얼마나 잘 맞추는지는 곧 시인의 능력으로 이어집니다. 어찌보면 이것은 선천적인 문제여서 두 가지 사이에서 밸런

스를 맞추기는 쉽지 않습니다. 고대의 이백, 마쓰오 바쇼, 현대의 프레베르 및 다니카와 슌타로 등, 그들의 시가 언뜻 보기에는 쉽지만 사실은 매우 심도가 깊습니다. 그렇기에 수많은 세월이 흘러도 그들은 일반 시인들보다 절대적인 독자의 대열을 거느리고 있습니다. 그것은 그 시인이 얼마나 위대한지, 그의 시가 얼마나 오랫동안 시인들뿐 아니라 일반 독자들까지도 널리 사랑받고 영향을 미치는지와 크게 관련되어 있습니다. 저는 홍콩에서 열린 문학행사에서, 다카하시 씨의 시에 대해 어떻게든 결점을 집어내고자 한다면, 시에 '가벼움이 부족'하지 않을까,라고 농담 삼아 얘기했습니다만, 그 '가벼움'은 '천박'이 아니라 가장 많이 독자를 확보하는 방법의 하나가 아닐까 생각합니다. 이러한 시의 '가벼움'에 대해 어떻게 생각하십니까?

답= 저 자신과 제 작품이 무겁다는 것은 인정하지 않을 수 없습니다. 그렇기에 가벼움을 동경합니다. 결국에는 한없이 넓은 무(無)에 녹아버리는 가벼움. 가벼움이라면 생각나는 것이 있습니다. 마쓰오 바쇼가 최종적으로 도달한 시 창작의 이념이 '가벼움'이었습니다. 마쓰오 바쇼도 본질적으로는 무거운 사람인지라 그만큼 궁극적으로는 가벼움을 추구했다고 생각합니다. 마쓰오 바쇼의 무거움과 저의 무거움을 나란히 놓을 생각은 아니지만, 끝에 가서는 '가벼움'을 부르짖었고, 그렇게 죽은 마쓰오 바쇼의 삶이 저에게는 이상적인 시인의 삶입니다. 시의 독자 수에 대해서 말하자면, 시 표현의 가능성을 극한까지 추구한 말라르메는 '백 명의 독자가 한 번밖에 읽지 않는 것보다 한 명의 독자가 백 번을 반복해서 읽었으면 한다.'라고 주장했는데, 이 또한 납득할 수 있습니다. 하지만 그렇게 말한 말라르메도 백 명의 독자가 백 번 읽어준다면 틀림없이 한 독자가 백 번 읽는 것보다 기뻐할 것입니다.

질문12= 다카하시 씨의 시는 해를 거듭할수록 더욱더 완숙의 경지가 느껴집니다. 작품을 쓸 때 지금까지 써온 것을 거듭하거나 중복하지 않고 쌓아온 창작 경험과 살아온 기쁨, 괴로움 등을 더욱더 잘 살려서 표현하고 발휘하는 것은 쉬운 일이 아닙니다. 일반적으로는 나이가 들어갈수록 시적 성숙도가 상승하지 않는 시인들이 대부분입니다. 말하자면 창의력을 잃어간다는 뜻입니다. 다카하시 씨는 칠순이 넘었지만, 나이와 상관없이 여전히 창의력을 유지하고 계십니다. 그 비결은 무엇일까요?

답= 저를 찾아오는 매일매일이 불안하고, 그 불안감이 저와 세상과의 관계를 신선하게 유지해주기 때문일까요. 매일같이 만나는 사람, 사물, 사상, 말 등 모든 것이 불안하고 신선합니다. 완숙의 세계를 생각할 틈이 없습니다.

질문13= 다카하시 씨와 저는 시문학 행사에 여러 번 함께 참가했고, 여행도 같이했습니다. 그런데 식사를 할 때면 식욕이 왕성해서 놀란 적이 있습니다. 지금 생각해

보니 그러한 생활습관이 왕성한 창작으로 이어지는 건 아닐까요? 거기에서 상상하건대, 다카하시 씨는 저와 다른 성적 취향을 가졌고 이 또한 격렬하고 왕성할 것이라고 생각합니다만, 제 상상이 맞는지요?

답= 인간의 성욕은 육체적인 것보다 훨씬 더 심정적인 것이라고 생각합니다. 육체적인 것을 말하자면 저는 오히려 약한 부류입니다. 강하다는 것은 심정적인 강함이겠지요. 어느 쪽이든 성은 깊은 어둠입니다. 거기에서 모든 것이 발생하는 깊은 어둠. 그것을 추구하는 것이 지금부터 제가 해야 할 일 중 가장 큰 하나가 될 것 같은 예감입니다.

질문14= 시의 본질과 시인의 본질을 알려주세요.

답= 시는 아무것도 알 수 없는 저 너머에 있고, 아무것도 예측할 수 없을 때 돌연 찾아옵니다. 만약 시인이 해야 할 일이라면, 언제 무엇이 찾아오든 그것을 맞이할 수 있도록 항상 자신을 단련해야 합니다. 탐욕스럽게 시 소재를 찾아다니는 행위는 시인으로서 부끄러운 일이라고 생각합니다.

질문15= 시와 성(性)은 어떤 관계성이 있다고 생각하십니까?

답= 인간은 성행위로 태어나고, 평생 성적인 의식에서 벗어날 수 없는 존재이므로 시는 종종 성적 형태를 통해 나타나기도 합니다. 또한 그런 만큼 성을 망각해보는 것도 필요하지 않을까요.

질문16= 문학과 예술에서 '삶과 죽음'은 보편적인 주제라고 생각하는데요. 특히 다카하시 씨의 시에서 묵직한 '죽음'이라는 이미지가 강하게 느껴집니다. 이것은 물론 다카하시 씨가 지금까지 살아온 경험, 혹은 삶과 죽음의 관점, 세계관, 가치관 등과 관련이 있을 것입니다. 어떻게 보면 인간은 태어난 그 날부터 죽음을 향해 다가갑니다. 죽음은 평등하게 우리를 기다립니다. 전에 같은 질문을 다니카와 슌타로 씨에게 한 적이 있습니다. '전혀 무섭지 않다'라는 그의 답변을 듣는 순간, 너무 놀라서 말을 잇지 못했습니다. 죽음을 초월한 시인이구나, 라는 생각이 들었습니다. 다카하시 씨는 다니카와 씨보다 6세 연하이고, 같은 1930년대 출생입니다. 다카하시 씨는 죽음에 대해 어떻게 생각하십니까?

답= 제 경우는 죽음이 두렵지 않다고 단정 지어 대답할 수 없습니다. 정확히 말하자면 두렵다기보다는 괴롭습니다. 그 이유는 살아있는 것이 불안을 포함해서 너무나도 감미롭기 때문입니다. 감미롭기 그지없는 인생과 멀어지는 것이 괴롭습니다.

질문17= 제가 읽은 일본문학 중에는 전쟁 전과 전후를 포함하여 미시마 유키오가 일본 문학가 중에서는 누구와도 비교할 수 없을 만큼 천재적인 존재라고 생각합니다. 또한 저는 "미시마 유키오는 미국 문화의 '희생물'"이라는 문예비평가 가토 슈이치(加藤周一)[50] 씨의 지적도 이해합니다. 그는 노력해서 소설을 쓰는 작가가 아니라 소설이 알아서 쓰게 만드는 사람 같았습니다. 1970년대 중국에서는 반면 교재로서 그의 작품이 번역되었으나 그 의도와는 달리 그것을 계기로 오히려 엄청난 인기를 끌었던 아이러니한 과거가 있습니다. 그는 중국인 작가들에게 결정적으로 영향을 준 일본인 작가 중 한 사람입니다. 지금도 중국의 문학자나 독자들에게 세계의 그 어떤 위대한 작가나 아무리 큰 문학상을 받은 작가보다도 애독되고 높이 평가받고 있습니다. 그런데 일부 학자와 독자들은 아직도 그가 군국주의자라고 믿는 것 같습니다. 미시마 유키오는 다카하시 씨에게 아마 문학, 정신, 육체에 있어서도 특별한 존재라고 생각합니다. 그는 어떤 사람이었나요? 그의 작품 중 가장 좋다고 생각하는 작품은 무엇입니까? 그리고 그에 대해 가장 잊히지 않는 기억을 들려주세요.

답= 이미 여러 번 제 글에서 언급했습니다만, 미시마 유키오 씨는 자신이 살아 있다는 실감을 갖지 못했던 사람이라고 생각합니다. 그래서 그 실감을 갖기 위해 끊임없이 논란이 될 만한 작품을 발표하고 논란이 될 만한 행동을 했습니다. 그 논란을 저널리즘이 거론하면, 그 반향에 의해 잠시 동안 자신의 존재하고 있다는 것을 실감했습니다. 그러나 그 실감은 오래가지 않으니 논란을 계속 증폭시킬 수밖에 없었지요. 유일하게 실감을 가졌던 때는 생의 마지막에서 할복자살했을 때 그 격심한 통증을 통해 실감했겠지만, 그 한순간이 지난 후에는 더 이상 이 세상에 존재하지 않게 되었지요. 좋든 나쁘든 작가 본인이 가장 잘 나타나는 작품은 처녀작과 유작입니다. 그 작품이 바로 『가면의 고백』과 『풍요의 바다』 4부작입니다. 가면을 쓰지 않으면 고백할 수 없는, 혹은 가면을 썼을 때 가장 진지한 고백이 가능하다는 것을 쓴 작품이 『가면의 고백』입니다. 『풍요의 바다』는 달 표면의 물방울 하나 없는 구덩이, 거기서 생긴 일을 사실 아무것도 남아 있지 않음을 의미합니다. 미시마 유키오 씨와 6년간을 교제했는데 잊을 수 없는 일은 아주 많지만, 하나만 꼽으라면 세상을 떠나기 몇 개월 전, "일본에는 오리지널인 것은 아무것도 없다, 그러나 오리지널이 하나도 없는 일본이라는 도가니는 밖에서 다양한 오리지널을 빨아들이고 휘저어 섞어, 빨아들일 때와는 전혀 다른 것을 토해낸다. 그 무(無)의 도가니야말로 일본의 오리지널리티다."라고 했던 말입니다. 이후 그가 말한 이 내용의 탐색이 저의 과제로 계속 남아 있습니다.

질문18= 현대시를 한마디로 정의한다면 무엇일까요?

답= 현대라는 시대와 정면으로 마주하고 시를 추구한다면 자연스럽게 현대시가 태어나지 않을까요. 일부러 현대성을 담으려 한다면 볼품없는 작품으로 귀결될 것입니다.

질문19= 다카하시 씨 댁을 처음 방문했을 때 저는 텔레비전이 없는 것을 보고 놀랐습니다. 나중에 안 사실이지만 휴대전화도 없고, 컴퓨터도 사용하지 않으셨습니다. 마치 현대 문명에 반대하는 행동을 취하시는 듯합니다. 지금 중국에서도 일본에서도 작가들은 대부분 잡지사, 신문사, 출판사에 원고를 보낼 때 전자우편을 사용합니다. 물론 직접 손으로 쓴 원고도 귀중하다고 생각합니다. 그러나 어찌 보면 편집자에게는 폐를 끼치는 일일 수도 있습니다. 그런 의미에서 다카하시 씨는 현대 사회에서 살고 있는 고대인 같은 느낌이 듭니다. 혹시 그럴 만한 이유라도 있으신지요?

답= 컴퓨터에 거부감이 있는 것은 아닙니다. 다만 지금의 저로서는 연필로 쓰는 속도와 생각하는 속도가 같고, 편집자로부터 손 글씨가 불편하다는 의사표시가 없으며, 가장 좋은 컨디션으로 글을 쓸 수 있다는 이유뿐입니다. 다만 현대 사회에 사는 고대인이라는 저에 대한 감상이 아주 마음에 듭니다. 외부의 여러 조건과 상관없이 가능한 한 본질적인 인간이고 싶기 때문입니다.

문20= 현대시의 가장 어려운 점은 무엇입니까?

답= 현대를 초월하여 시를 지향하는 것입니다.

질문21= 지금까지 나온 30여 권의 시집 중에서 자신이 가장 마음에 드는 시집은 어떤 시집인지요? 그리고 지금까지 쓰신 많은 작품 중에서 다섯 편을 고른다면 어떤 작품인지요?

답= 시집은 『영원까지』입니다. 시 다섯 편을 꼽자면 「죽은 소년」, 「여행하는 피」, 「편지」, 「나의 이름은」, 「여행에서」입니다. 역시 근래에 쓴 작품으로 쏠리는군요.

질문22= 인터넷의 보급에 따라 인터넷 시가 탄생하고 있습니다. 컴퓨터를 사용하지 않는 다카하시 씨에게는 인연이 멀 수도 있습니다. 그러나 현대는 인터넷의 존재를 무시할 수 없습니다. 다만 저는 인터넷 시에 감동하거나 감탄하지는 않습니다. 미래에 지금보다 훨씬 더 인터넷이 발전한다 해도, 인터넷이 아무리 빨리 정보를 전달해 준다 해도, 현대시가 발표되는 매체인 종이를 대체하진 못할 것 같습니다. 다카하시 씨는 인터넷에 대해 어떻게 생각하시는지요?

답= 인터넷에 편견은 없습니다. 현재로서는 저와 인연이 없을 뿐입니다. 시의 출현을 위해 다양한 매체가 존재하는 것은 좋은 일이라고 생각합니다.

질문23= 100세가 된 자신의 자화상을 그려보세요.

답= 그 연령의 육체적, 정신적 조건에서 모든 감각을 개방하여, 느끼고, 쓰고, 읽고 있을 것입니다.

질문24= 표현하는 것은 다카하시 씨에게 어떤 의미가 있는지요?

답= 표현이란 자기주장이 아니고 자기해방이라고 생각합니다. 넓고 넓은 무(無)로의 자기해방.

질문25= 일본 현대시의 가장 신세대에 대한 감상을 들려주세요.

답= 현대시의 새로운 재능의 부재를 논하기 시작한 지도 오랜 시간이 흘렀습니다. 하지만 그것이 나에게는 긴 시간이라 할지라도 반드시 강력한 신세대는 나올 것이고, 꼭 나와야 한다고 줄곧 믿고 기다려 왔습니다. 현대시가 현대시로서 지속하기 위해서는 끊임없이 그 시점에서의 현대라는 새로운 힘을 이어받고 담당하고 그것을 그다음으로 넘겨줘야 합니다. 이를테면 최근에 나온 기시다 마사유키(岸田将幸)[51]의 새 시집 『고절(孤絕)—뿔』에는 제목 그대로 몹시 외로운 모습에서 현대시를 담당하고자 하는 각오가 보여서 믿음직스러웠습니다. 현대시의 신세대는 누군가가 도움을 주지 않아도 분명히 성장해 나가고 있습니다.

질문26= 시인은 현대 사회에서 어떤 역할을 해야 할까요?

답= 사는 것은 자기주장이 아니라 자기해방이라고 모든 사람에게 인식시키는 일입니다.

질문27= 다카하시 씨는 전쟁 전과 전후를 포함하여 일본에서 가장 뛰어난 여성 시인은 누구라고 생각하십니까?

답= 현대의 일본 시의 분류라고 하면 단카(短歌) 가인(歌人)이 먼저이며, 그 중 구즈하라 다에코(葛原妙子)[52]를 꼽을 수 있고, 하이쿠(俳句)의 하이진(俳人)이라면 스기타 히사조(杉田久女)[53], 현대 시인으로는 역시 존재만으로도 빛나는 다다 치마코(多田智満子)[54]입니다.

질문28= 이 질문은 국적과 상관없이 현대시를 관통하는 이야기입니다. 시인은 점점 고립되고 있습니다. 저는 시인과 독자 모두의 문제라고 생각합니다. 상상력과 창의력의 쇠퇴, 시구의 답답함과 지루함, 집단적 복제 등이 원인이지만, 그렇기에 독자가 따라와 주지 않는 것은 당연합니다. 다카하시 씨는 시인과 독자의 관계를 어떻게 만들어나가는지요?

답= 제가 독자를 어떻게 만들어나가는가의 문제는 별도로 하고, 일반론으로 말하자면 창작자와 읽는 사람이 서로 고독을 이어나감으로써 양쪽이 함께 작품을 완성한다고 봅니다.

질문29= 다카하시 씨 나름대로 일본 현대시 발전의 발자취를 간결하게 그려주세요.

답= 일본 근대시·현대시의 아버지는 유럽의 시이고, 어머니는 일본 고유의 전통 시 또는 일본 고유의 언어입니다. 이들의 결혼 또는 야합으로 생겨난 근대시·현대시의 성장 또는 쇠약의 역사입니다.

질문30= 일상생활에서 다카하시 씨에게 가장 중요한 것은 무엇일까요?

답= 일상에서 만나는 모든 것들입니다. 그것들을 떠난 시적 생활이란 상상조차 할 수 없습니다. 그 만남들을 하나하나 닦고 손질하여 연마해 나가는 것이야말로 제가 살아가는 것의 내용 그 자체라고 할 수 있습니다.

질문31= 현대시는 지구상의 자본주의 국가, 사회주의 국가, 식민주의 국가에 의해 만들어진 게 아닐까 생각합니다. 현대시가 탄생한 인문적 환경, 자연적 환경, 정치적 환경에 따라 약간의 차이는 있지만, 그릇이 큰 시인들이 표현해온 주제는 그다지 큰 차이가 없습니다. 그러한 주제는 인류 공통의 문제의식과 각각의 희로애락을 표현한 것입니다. 자기중심의 개인적인 은혜와 원한에 국한되지 않습니다. 즉, 그들은 자신이 쓴 시로서 자아를 초월합니다. 시인은 어떻게 자신을 초월할 수 있을까요?

답= 시인을 위해 시가 있는 것이 아니라 시를 위해 시인이 있습니다. 그 나머지는 시가 생각해 주겠지요.

질문32= 다카하시 씨의 시 속 '나'는 현실의 '나'에 가까운가요? 아니면 상상의 '나' 혹은 허구의 '나'에 가까운가요?

답= 현실의 '나'라고 생각하고 있는 것이 이미 허구의 '나'일지도 모릅니다.

질문33= 보르헤스는 자신의 글에서 일본 시에 '대상'만 있고 '비유'가 없다고 언급한 적이 있습니다. 이 글을 보면 아마 그가 일본의 단카 혹은 하이쿠만 읽었던 게 아닐까 생각됩니다. 일본의 현대시에는 살아있는 비유가 많습니다. 여기서 한 가지 질문이 있습니다. 다양한 문화와 넘치는 정보의 세계화로 인해 짧은 정형시인 단카 혹은 하이쿠로는 현대인의 마음을 표현하는 데 한계가 있지 않을까요. 이에 대해 다카하시 씨는 어떻게 생각하시는지요?

답= 보르헤스가 단카와 하이쿠를 읽었다 해도 극히 제한된 범위가 아니었을까요. 제 생각으로는 단카나 하이쿠는 짧은데다 표현에 한계가 있기에 오히려 풍부하다고 봅니다. 현대시로 표현할 수 있으나 단카나 하이쿠로는 표현할 수 없는 것이 있듯이, 단카나 하이쿠로 표현할 수 있으나 현대시로 표현할 수 없는 것도 있습니다. 저는 전통시와 현대시의 우열을 논하는 것은 무의미하다고 봅니다. 비유에 대해 말하자면, 단카와 하이쿠 자체가 현실 세계를 비유한 것입니다.

질문34= 중국 고전시와 일본 하이쿠에 있는 '무(無)'를 현대시에 어떻게 하면 잘 녹여낼 수 있을까요?

답= 굳이 녹여내려고 애쓰지 말았으면 합니다. 허심(虛心)으로 읽고 허심으로 쓰세요. '무(無)'는 녹는 것이 아니라 떠오르는 것이 아닐까요?

질문35= 다카하시 씨는 지금까지 읽은 중국의 현대시 중에서 어느 시인의 작품이 가장 인상에 남아 있습니까?

답= 중국의 오르페우스[55]라고 할 수 있는 굴원(屈原)[56] 이래로, 중국 시인에게는 수난의 계보라고 할 수 있는 큰 흐름이 있습니다. 다만 황쭌셴(黃遵憲)[57]과 루쉰(魯迅)[58]까지는 관료 또는 정치가로서의 수난이었습니다. 그런데 몽롱파(朦朧派)[59] 이후 시인들의 수난은 민중의 한 사람으로서의 수난입니다. 이러한 점이 중국 현대시의 특성이라고 생각합니다. 해외를 떠돌던 베이다오(北島)[60]와 중국 내에서 활동한 망커(芒克)[61]. 이들은 그 특성의 대표 격으로, 두 시인 모두에게 강하게 매료됩니다. 최근 베이다오의 반생을 거쳐 온 수난의 인생을 애

써 긍정적으로 수용하려고 하는 운명애(運命愛)[62] 같은
모습에 감동합니다. 망커는 오랫동안 신작을 접할 수 없
어서 아쉬웠는데, 쓰촨성 대지진에 대한 추모 시는 다른
어떤 시인의 시보다도 깊은 슬픔을 담고 있어서 시심의
건재함을 실감했습니다. 또한 뤄잉(駱英)의 새 시집『작
은 토끼』도 현대의 종말성을 첨예하게 포착하고 있어서
경탄했습니다.

질문36= 다카하시 씨가 지금까지 읽으신 중국 현대시
와 비교해서 일본의 현대시와는 어떤 차이가 있을까요?
있다면 어떤 점일까요?

답= 중국 현대시에는 있고 일본 현대시에 없는 것이라
면, 수난의 모습에서 현저한 차이를 보이는 운명이라고
생각합니다. 일본 현대시와 관련된 한 사람으로서 중국
현대시가 절실하게 부러운 것은 그 한 가지입니다. 현재
일본 시인들은 수난이 없는 것을 수난으로 여기고, 운명
으로 가질 수 없는 것을 운명으로 여기며 살아가고 있습
니다. 생각하기에 따라서는 중국 시인들보다 훨씬 곤혹
스런 일이지만, 그것을 삶의 보람이라고 여기는 것인지
도 모릅니다.

* 중국인 인명은 외래어 표기법상 신해혁명(1911년)을 기준으로 하여, 그 이전의 인물은 한국의 한자 독음으로, 그 이후는 중국 음으로 표기하였다.

1) 다니카와 슌타로(谷川俊太郎, 1931~) : 일본의 시인, 번역가, 그림책 작가, 각본가. 아버지의 영향으로 어려서부터 철학, 문학, 음악 등 예술 분야에 관심을 가졌고, 중학생 때부터 시를 썼다. 고등학교 졸업 후, 대학에 진학하지 않고 문예지 『문학계』에 시를 발표하면서 시인이 되었고, 1952년 21세 때 첫 시집 『20억 광년의 고독』을 펴내며 작품 활동을 시작했다. 『정의』를 비롯하여 107권의 시집, 116권의 그림책 동화, 26권의 산문집 등 많은 저서가 있다. 여러 시가 교과서에 수록되었고, 유명 광고 대사와 가수들의 노랫말이 되어 오늘날 일본 국민들에게 가장 사랑받는 시인이며, 애니메이션 『우주소년 아톰』의 주제가, 『하울의 움직이는 성』 등의 엔딩 곡을 작사하기도 했다. 아사히상, 요미우리문학상, 마이니치예술상 등 20여 종의 상을 수상하였다.

2) 미시마 유키오(三島由紀夫, 1925~1970) : 일본의 소설가, 극작가, 수필가, 평론가. 종전 이후 일본문학계를 가장 대표하는 작가 중 한 사람이며, 노벨문학상 후보에도 오르는 등 세계적으로 인정받은 작가. 풍부한 수사와 현란한 시적인 문체, 고전극을 기조로 한 유미적 작풍이 특징. 대표작으로 『가면의 고백』, 『금각사』, 『풍요의 바다』 등이 있다. 민병조직 '방패회'를 결성하여 1970년 11월 25일, 방패회 대원 4명과 더불어 자위대 주둔지를 방문하여 총감을 감금하고 발코니에서 궐기를 촉구하는 연설을 한 후, 할복자살했다. '미시마 사건'이라고 불리는 이 사건은 일본 사회에 엄청난 충격을 주었으며, 새로운 우익이 탄생하는 등 일본 국내의 정치운동과 문학계에 거대한 영향을 미쳤다.

3) 미요시 다쓰지(三好達治, 1900~1964) : 일본의 시인, 번역가, 문예평론가. 현대시에 프랑스 근대시와 동양의 전통시를 도입하여 지적이고 순수한 서정성으로 독자적인 세계를 열었다. 당시 일본 시단을 이끌었던 시문학지 『시와 시론』, 『시 · 현실』 창간에 참여했고, 제1시집 『측량선』(1930년)을 출간하여 화제를 모았다. 1934년 동인들과 시문학지 『사계』를 창간하여 사계파라 불린 새로운 시인 그룹을 형성했고, 기라성 같은 시인들이 다수 참가한 이 그룹은 이후 일본 시단을 견인했다.

4) 시부사와 다쓰히코(澁澤龍彦, 1928~1987) : 일본의 소설가, 프랑스문

학 번역가, 미술비평가. 장 콕토 등의 저작을 번역했고, 미술평론, 중세 악마학 등 에세이, 소설 등 폭넓은 장르에서 활발하게 활동했다. 대표작으로 『당초(唐草)이야기』, 『다카오카친왕 항해기』 등이 있으며, 이즈미쿄카문학상, 요미우리문학상 등을 수상했다.

5) 하이쿠(俳句) : 일본의 전통 정형시. 5, 7, 5음의 17음으로 이뤄진, 세계에서 가장 짧은 시. 계절을 표현하는 계절어(季語)가 반드시 들어가야 한다.

6) 단카(短歌) : 일본의 전통 정형시. 5, 7, 5, 7, 7음의 31음으로 이뤄져 있다.

7) 노(能) : 일본의 전통 가무극(歌舞劇). 배우는 모두 남성이며 노멘 또는 오모테라고 하는 가면을 사용하는 것이 특징이다.

8) 교겐(狂言) : 일본의 전통 희극(喜劇). 노(能)를 완성한 제아미(世阿弥) 시대부터 노와 함께 발달한 연극으로 독특한 풍자와 박력 있는 연기, 세련된 형식이 특징이다.

9) 이백(李白, 701~762) : 당나라의 시인. 두보와 함께 중국 역사상 가장 위대한 시인으로 꼽는다. 이 두 사람을 합쳐서 '이두(李杜)'라고 칭하며, 그중 이백을 '시선(詩仙)'이라고 부른다. 현재 약 1,100여 수의 시가 남아 있다.

10) 도이 반스이(土井晩翠, 1871~1952) : 일본의 시인, 영문학자. 남성적인 한시조의 시풍이 특징이며, 시집 『천지유정(天地有情)』으로 당대 여성적인 어조로 유명했던 시마자키 도손(島崎藤村)과 어깨를 나란히 했다. 제갈공명의 생애를 소재로 한 『성락추풍오장원(星落秋風五丈原)』은 한시 57조로 널리 애송되었으며, 일부는 군가에도 도입되었다. 일본 전국 상당수의 교가를 작사한 인물로도 유명하다. 영문학자로서 호메로스, 칼라일, 바이런 등의 작품을 번역했다.

11) 시마자키 도손(島崎藤村, 1872~1943) : 일본의 시인, 소설가. 문예지 『문학계』를 중심으로 활동했던 낭만주의 시인으로, 낭만주의 문학을 대표하는 시집 『와카나슈(若菜集)』를 출간하여 큰 반향을 일으켰다. 이후 주요 문학 활동을 소설로 바꿔 『파계』와 『봄』 등으로 대표하는 자연주의 작가로 전환. 도이 반스이와 더불어, 여성적인 일본어를 구사한 고유 어조의 작품으로 일본 근대문학에 거대한 발자취를 남겼다.

12) 모리 오가이(森鷗外, 1862~1922) : 일본의 소설가, 번역가, 극작가, 의학박사, 문학박사. 제1차 세계대전 이래, 나쓰메 소세키와 어깨를 나란히 한 대문호. 도쿄제국대학 의학부를 졸업한 후, 육군 군의관이

되어 육군성의 파견으로 독일에서 4년간 유학. 귀국 후 주요 저서인 번역시집 『오모카게(於母影)』, 소설 『무희(舞姫)』를 출판하였고, 그 외에도 많은 저서를 번역하여 일본 근대기 문학에 지대한 영향을 미쳤다.

13) 니콜라우스 레나우(Nikolaus Lenau, 1802~1850) : 오스트리아 출신의 독일어 시인. 헝가리적 열정과 슬라브적 우울이 뒤섞인 독자적인 작품을 형성했다. 대표작으로 자연을 주제로 한 『갈대의 노래』, 『숲의 노래』 등이 있고, 서사시 『파우스트』, 『사보나롤라』 등이 있다.

14) 조지 고든 바이런(George Gordon Byron, 1788~1824) : 영국의 시인, 작가, 철학자. 괴테가 금세기 최고의 천재라고 칭송한 19세기 낭만파 시인. 삶의 권태와 동경을 담은 시풍과 이국정서가 당시의 시대상과 잘 맞아떨어져서 큰 명성을 얻었고, 영국의 낭만주의 문학을 이끌었다. 특히 일본에서는 20세기 초부터 도이 반스이를 비롯한 여러 문인들이 바이런의 작품을 번역, 출간하여 일본 근현대 문학에 많은 영향을 주었다.

15) 고청구(高青邱, 1336~1374) : 중국의 원나라 말 명나라 초의 시인. 중국 강남의 풍물과 농민의 생활을 그린 서경시와 역사, 전설을 취재하여 창작한 여러 환상적인 시를 남겼다. 명태조의 위압정책에 의해 역모죄로 처형된 탓에 그와 관련된 기록과 작품집이 상당수 폐기되었다. 현재 남아 있는 작품집은 후세에 재편집된 것이다. 특히 일본에서는 에도시대부터 메이지시대에 걸쳐 널리 알려졌고, 모리 오가이의 번역 시집이 유명하다.

16) 간바라 아리아케(蒲原有明, 1875~1952) : 일본의 시인. 시마자키 도손과 함께 메이지 시대 이후에 등장한 문어체의 정형시인 신체시를 완성하였으며, 일본 상징시의 선구자였다. 주요 저서로 시집 『풀 새싹』, 『독현애가(独絃哀歌)』, 『춘조집(春鳥集)』 등이 있다.

17) 하기와라 사쿠타로(萩原朔太郎, 1886~1942) : 일본의 시인. 문학지 『사계』 동인. 첫 시집 『달에 짖다』로 명성을 얻었고, 근대인의 심성을 표현하는 구어자유시를 확립한 시인. 일본 근대시의 아버지라고 불린다. 시론, 문예평론, 고전 감상에서도 큰 업적을 남겼다. 주요 저서로 『우울한 고양이』, 『순정 소곡집』 등이 있다.

18) 요시오카 미노루(吉岡実 1919~1990) : 일본의 시인. 초현실주의 시풍이었으며, 종전 이후 대표적인 모더니즘 시인으로 일본 현대시에서 중요한 이정표를 남겼다. 주요 시집으로 『승려』, 『사프란 따기』, 『약옥(薬

191

玉)』 등이 있으며, H씨상, 다카미준상 등 전후 일본의 주요 문학상을 다수 수상했다.

19) 호르헤 루이스 보르헤스(Jorge Luis Borges, 1899~1986년) : 아르헨티나의 소설가, 시인, 평론가. 20세기 지성사에서 가장 박학다식한 작가이자 라틴문학의 대표 작가로 꼽힌다. 옴니버스 형식으로 구성된 독특한 소설로 유명하며, 꿈과 미궁, 무한과 순환, 가공의 책과 작가, 종교, 신 등을 모티브로 하는 환상적인 단편소설로 널리 알려져 있다. 1920년대 '도시의 아방가르드(남아메리카에서 일어난 극단적인 모더니즘 운동)'를 주도했다. 1930년대에는 단편소설을 다양하게 발전시키는 등 주로 산문을 쓰면서 문학 세계 영역을 확장해 나갔다.

20) 로버트 프로스트(Robert Lee Frost, 1874~1963) : 미국의 시인. 뉴햄프셔의 농장에서 오랫동안 생활한 경험을 바탕으로 그 지방의 아름다운 자연을 맑고 쉬운 언어로 표현하였다. 자연 속에서 인생의 깊고 상징적인 의미를 찾으려 했던 시인이었으며, 20세기 미국 최고의 국민 시인으로 칭송받았고, 4회에 걸쳐 퓰리처상을 수상했다.

21) 게오르크 트라클(Georg Trakl, 1887~1914) : 오스트리아의 시인. 27세에 자살로 생을 마감하였고, 일생을 고독과 우울 속에서 보냈지만, 응축된 표현과 상징주의적인 색채 감각의 시를 써서 독일 표현주의의 바탕을 만들었다. 주요 저서로 『몽상과 착란』, 『푸른 순간, 검은 예감』 등이 있다.

22) 라이너 마리아 릴케(Rainer Maria Rilke, 1875 ~1926) : 오스트리아의 시인. 20세기를 대표하는 독일어 시인. 감미로운 선율을 지닌 연애 서정시로 문학계에 발을 들였으나, 러시아 여행에서 얻은 정신적 경험을 바탕으로 독자적인 언어 표현을 구축했다. 이후 로댕과의 교류를 통해 조각품처럼 하나의 독립된 우주와 같은 시를 추구했다. 일본에서 릴케는 먼저 모리 오가이가 단편적으로 번역하여 널리 퍼졌고 본격적으로 여러 문학가들에 의해 번역되었다. 특히 『사계』파 시인들에게 엄청난 영향을 주었다. 주요 저서로는 『형상시집』, 『기도시집』, 『신시집』, 『로댕론』 등이 있다.

23) 프리드리히 횔덜린(Friedrich Hölderlin, 1770~1843) : 독일의 시인. 낭만파의 영향을 받았으나 고대 그리스를 동경하여 낭만적이고 종교적인 이상주의를 노래했다. 그의 고대 그리스의 범신론적인 문학세계는 낭만주의, 상징주의 시인들과 니체와 하이데거 같은 사상가에게도 영향을 미쳤다. 일본에서도 작품이 번역되어 널리 알려졌고, 미시마

유키오는 자신의 저서에서 휠덜린의 영향을 적극적으로 어필하기도 했다. 주요 작품으로는 소설 「휘페리온」, 미완성 비극 「엠페도클레스」, 시 「하이델베르크」, 「라인강」, 「다도해」, 「빵과 포도주」 등이 있다.

24) 장 주네(Jean Genet, 1910~1986) : 프랑스의 소설가, 시인, 극작가, 정치운동가. 소년기부터 30대까지 도둑, 남창, 밀고자 등 악의 방랑을 반복했다. 결국 감옥에 갇혔고 독방에서 소설을 쓰기 시작하여, 1944년 「꽃의 노트르담」을 출간. 이를 눈여겨본 장 콕토 덕분에 종신형을 사면받고 작가로 태어났다. 주요 작품으로 「장례식」, 「하녀들」, 「도둑일기」 등이 있다. 만년에는 흑인 민족주의와 팔레스타인 해방운동 등 독자적인 정치운동을 펼쳤다.

25) 생존 페르스(Saint-John Perse, 1887~1975) : 프랑스의 시인, 외교관. 폴 클로델의 음률에 빅토르 위고의 웅변을 합한 것 같은 우주적인 시가 특징. 1960년 노벨 문학상을 수상했다. 주요 작품으로 「원정」, 「유적」, 「편년사」 등이 있다.

26) 폴 발레리(Paul Valéry, 1871~1945) : 프랑스의 시인, 소설가, 철학자. 말라르메의 뒤를 이어 상징주의 시를 주도했다. 상징주의 시집인 「젊은 파르크」(1917), 「매혹」(1922) 등을 출간하여, 20세기 상징주의 시인 중 최고로 자리 잡았다. 그 외의 주요 저서로 논문 「정신의 위기」, 「현대의 고찰」, 평론집 「바리에테」, 시극 「나의 파우스트」 등이 있다.

27) 스테판 말라르메(Stéphane Mallarmé, 1842~1898) : 프랑스의 시인. 시적 언어와 고유의 상징에 주목한 상징주의의 창시자. 순수시의 대한 초인간적인 세계관으로 인해 시가 난해하기로 유명하며, 20세기 전반 프랑스 문학계에 큰 영향을 미쳤다. 주요 저서로 「에로디아드」, 「목신의 오후」 등이 있다.

28) 페데리코 가르시아 로르카(Federico García Lorca, 1898~1936) : 스페인의 시인, 극작가. 1931년에 극단을 조직하여 스페인 고전연극의 부흥에 분투했다. 이어서 3대 비극 「피의 혼례」(1933), 「예르마」(1913), 「베르나르다 알바의 집」(1934)을 완성했으며, 시와 극을 융합하여 민족적인 소재로 완성했다. 이 작품에서 스페인의 전통적 서정을 현대적으로 표현했고, 안달루시아의 마을을 초현실주의적 방법으로 노래했다. 그는 실험적인 작품을 썼지만 항상 민중 곁에 있었다. 시집으로는 「집시 노래집」, 「칸테 혼드의 시」 등이 있다. 일본에서는 종전 전에 시가 번역되었고, 종전 후에 연극이 상연되었다.

29) 안토니오 마차도(Antonio Machado, 1875~1939) : 스페인의 시인. 미국과 스페인 간에 벌어진 전쟁의 패전을 계기로 자국의 후진성을 우려하여 미래를 모색한 지식인 집단인 '98년 사조' 작가 중 한 사람. 초기 시집 『적요(寂寥)』에 과도하게 직설적이고 냉철하게 망가진 스페인의 현실을 분노했다. 이와는 별도로, 20세기의 대표적인 서정 시인으로 손꼽힌다. 카스티야 지방의 풍토에 감명을 받아서 쓴 『카스티야의 벌판』에 자연 사랑이 잘 표현되어 있다.

30) 미겔 데 우나무노(Miguel de Unamuno, 1864~1936) : 스페인의 시인, 철학자. '98년 사조' 시인 중, 한 사람으로, 진정한 스페인의 사상, 국가, 인민의 본연의 자세를 탐색한 스페인 20세기 사상계에서 중심적인 인물. 실존주의적 사상가로, 철학과 시 양쪽에서 삶과 죽음 또는 자신의 문제 등을 다루면서 '나는 누구인가', '사후의 나는 어떻게 될까'라는 두 주제에 천착했다. 주요 저서로 『안개』, 『착한 성인 마누엘』 등이 있다.

31) 에즈라 파운드(Ezra Pound, 1885~1972) : 미국의 시인, 문예비평가. 20세기 초반의 모더니즘 시 활동의 중심인물. 추상적이고 난해한 언어 사용을 배제하고 구체적이고 명료한 단어를 사용하여 사물을 묘사하는 '이미지즘'의 고안자. 시집으로 『가면』, 『캔토스』 등이 있다.

32) 윌리엄 버틀러 예이츠(William Butler Yeats, 1865~1939) : 아일랜드의 시인, 극작가. 20세기 영문학과 아일랜드 문학에서 가장 영향력 있는 인물. 어렸을 때부터 문학을 비롯하여 오컬트, 아일랜드 신화 등 초월적 주제에 관심을 가졌고, 이는 후에 그의 문학의 밑거름이 된다. 사실주의적 묘사가 특징이다. 1923년 노벨문학상을 수상했다. 주요 작품으로는 일본의 전통가무극 노(能)에서 영향을 받아 집필한 희곡 『매의 우물』과 서정시 『호수의 섬 이니스프리』 등이 유명하다.

33) 에밀리 엘리자베스 디킨슨(Emily Elizabeth Dickinson, 1830~1886) : 미국의 여성 시인. 2,000편에 달하는 시를 남겼다. 주로 사랑, 죽음, 이별, 영혼, 천국 등을 소재로 한 명상시를 썼다. 미국에서 가장 천재적인 시인 중 한 사람으로 꼽힌다. 매사추세츠주의 작은 칼뱅주의 마을에서 태어나 평생을 그곳에서 살았고, 결혼도 하지 않은데다 은둔자였고 외부적으로는 조용했지만, 내면적으로는 격렬하고 예사롭지 않은 삶을 살았다. 자연을 사랑하여 새, 동물, 식물, 계절의 변화 등에서 깊은 영감을 얻었다.

34) 에드거 앨런 포(Edgar Allan Poe, 1809~1849) : 미국의 시인, 소설

가, 문학평론가. 미국 낭만주의를 이끈 작가. 근대 미국문학의 뿌리를 이루는 위대한 시인이자 작가. 단편소설의 선구자. 「어셔 가의 몰락」, 「검은 고양이」 등의 공포 소설을 쓴 추리소설의 대가이며, 공상과학소설 형성에 크게 이바지했다. 대표작으로는 소설 「붉은 죽음의 가면」, 시 「갈가마귀」 등이 있으며, 이 시는 영문학사에 길이 남는 유명한 시다.

35) 댄 브라운(Daniel Brown, 1964~) : 미국의 소설가. 현대 대중문학의 대표적인 베스트셀러 작가. 미스터리, 스릴러에 역사적인 요소를 혼합한 작품으로 유명하다. 대부분 24시간에 걸친 보물찾기의 형식을 기본으로 하고 있으며, 암호학, 기호, 열쇠, 음모론 관련 소재가 자주 등장한다. 대표적인 작품으로는 「디지털 포트리스」, 「다 빈치 코드」, 「천사와 악마」 등이 있고, 여러 작품이 영화화되었다.

36) 윌리엄 셰익스피어(William Shakespeare, 1564~1616) : 영국의 시인, 극작가. 인간 내면을 통찰한 많은 걸작을 남겼으며, 생전에 '영국 최고의 극작가' 지위에 올랐다. 그의 작품은 인류의 고전으로 남아 수백 년이 지난 지금도 널리 읽히고 있다. 대표작으로 4대 비극인 「햄릿」, 「리어왕」, 「오셀로」, 「맥베스」와 5대 희극인 「베니스의 상인」, 「말괄량이 길들이기」, 「한여름 밤의 꿈」, 「뜻대로 하세요」, 「십이야」가 있다.

37) 단테 알리기에리(Dante Alighieri, 1265~1321) : 이탈리아의 시인. 이탈리아 문학사에서 최고의 시인. 르네상스 문화의 선구자. 이탈리아반도의 여러 도시국가는 저마다의 방언을 사용했으나 대표작 「신곡」의 등장한 이후로, 이 작품에서 쓰인 피렌체의 말, 즉 토스카나 방언이 공용어처럼 쓰이게 되었다. 아울러 「신곡(神曲)」이라는 제목은 모리 오가이가 처음 번역한 일본어 표기를 그대로 따왔다.

38) 푸블리우스 오비디우스 나소(Pūblius Ovidius Nāsō, BC43~AD17? 18?) : 로마 제국 시대의 시인. 즐거움을 노래하였고 연애시로 유명하며, 로마 문학의 황금시대를 이룩했다. 주요 저서로 「사랑의 기술」이 있다.

39) 푸블리우스 베르길리우스 마로(Publius Vergilius Maro, BC70~BC19): 로마제국 시대의 시인. 로마에서 시성이라 불렸으며, 이후 전 유럽에서 시성으로 추앙받았고, 단테가 「신곡」에서 저승의 안내자로 선정했을 만큼 위대한 시인. 주요 저서로 「목가」, 「농경시」, 「아이네이스」가 있다.

40) 오토모노 야카모치(大伴家持, 718?~785) : 일본의 나라시대 말기의 시인이자 관리. 일본에서 가장 오래된 시집 『만요슈』 제4기의 와카 시인. 한 많은 인생 경험을 심화시켰고, 자연을 단순한 감각의 대상으로서가 아닌 심정(心情)의 상징으로 다뤘다. 그의 시 가운데 하나인 '바다에 가면'은 태평양전쟁 당시 일본군의 군가로 쓰였으며, 옥쇄를 장려하는 노래로 불리기도 했다.

41) 무라사키 시키부(紫式部, 973?~1031?) : 일본의 헤이안 시대의 여성 작가, 와카 시인. 일본 최초의 장편소설이자 세계에서 가장 오래된 소설 『겐지모노가타리』의 작가. 세계 문학사에서 영향력 있는 중요한 작가 중 한 사람. 황실의 궁녀로 일하면서 글을 썼다. 그 외의 저서로 『시키부 일기』, 『시키부집』 등이 있다.

42) 세이 쇼나곤(清少納言, 966?~1025?) : 일본의 헤이안 시대의 여성 작가, 와카 시인. 궁중에서 왕후를 모시는 일을 하며 글을 썼고, 당대 무라사키 시키부와 어깨를 나란히 하는 작가였다. 주요 작품으로 헤이안 문학의 대표적인 수필 『마쿠라노소시(枕草子)』가 있다.

43) 이즈미 시키부(和泉式部, 978?~?) : 일본의 헤이안 시대의 와카 시인. 당시의 와카는 주로 남성이 주체적으로 사랑을 노래하는 시풍이었으나, 여성이지만 그녀는 그러한 관행을 깨고 남성 중심의 언어를 자유롭게 사용했다. 당대 최고의 시인으로, 사랑을 노래한 절절하고 아름다운 많은 시를 남겼다. 주요 작품으로 『이즈미시키부집』, 『이즈미 시키부 일기』 등이 있다.

44) 후지와라노 사다이에(藤原定家, 1162~1241) : 일본의 가마쿠라 시대 초기의 와카 시인. '후지와라노 데이카'라고도 부른다. 사색적, 반성적인 정서의 깊이를 추구하는 유심체(有心体)의 상징적 시풍을 확립하였다. 고전문학의 연구와 보전에도 중요한 업적을 남겼으며, 『신고금와카집(新古今和歌集)』, 『신칙찬와카집(新勅撰和歌集)』을 편찬했다. 주요 저서로 와카집 『습유우초(拾遺愚草)』, 와카론서 『근대수가(近代秀歌)』, 『매월초(每月抄)』, 『영가대개(詠歌大概)』 등이 있다.

45) 제아미(世阿弥, 1363?~1443?) : 일본의 무로마치 시대의 전통 가무극인 노(能) 배우이자 각본가, 이론가, 연출가, 작곡가. 아버지 간아미(観阿弥)와 함께 일본의 예술 속에 연극이라는 장르를 추가한 거장이다. 당시 귀족, 무가 사회에는 유현(幽玄)을 숭상하는 기풍이 있었는데, 제아미는 관객의 취향에 맞게 언어, 몸짓, 가무, 서사 등에 유현미를 가미한 몽환노(夢幻能)을 무대에 올려 대성공을 거뒀다. 『고사(高

砂)』, 『정통(井筒)』, 『실성(実盛)』 등 50여 편의 각본을 제작하였으며, 주요 저서로는 노가쿠(能楽) 이론집 『꽃 거울』이 있다.

46) 마쓰오 바쇼(松尾芭蕉, 1644~1694) : 일본의 에도시대의 하이쿠 시인. 일본뿐 아니라 세계적으로 유명한 일본 역사상 최고의 하이쿠 시인. 산문성, 비속성을 초월하여 하이쿠에 높은 문학성을 부여한 쇼풍[蕉風]을 창시하였고, 여정(餘情)을 중시한 중세적인 상징미를 근세적인 서민성 속에 살려서 하이쿠의 예술성을 높였다. 작품에 대한 영감을 얻기 위해 일본 전역을 떠돌며 많은 명구와 기행문을 남겼다.

47) 요사 부손(与謝蕪村, 1716~1784) : 일본의 에도 시대의 하이쿠 시인, 문인화가. 낭만적이고 회화적인 시풍으로 유명하다. 마쓰오 바쇼(松尾芭蕉), 고바야시 잇사(小林一茶)와 더불어 에도시대 하이쿠 중흥의 거장이며, 실험적인 연작 서사시인 '춘풍마제곡(春風馬堤曲)'이라는 새로운 형태의 시를 창작하여 중흥해학의 중심 역할을 했다. 회화에서는 일본 남화의 대성자이다.

48) 우에다 아키나리(上田秋成, 1734~1809) : 일본의 에도 시대의 와카, 단카 시인, 소설가, 국학자. 일본 판타지 문학의 선구자. 대표작인 괴기 소설의 걸작 『우게쓰 이야기(雨月物語)』에 수록된 「기비쓰의 생령」은 생령의 출현을 박진감 있게 묘사한 괴담 소설의 정수이다.

49) 자크 프레베르(Jacques Prévert, 1900~1977) : 프랑스의 시인, 영화 각본가, 동화작가. 초기에는 프랑스에서 유행했던 초현실주의의 영향을 받았고, 실제로 그들과 어울려 지냈지만 뜻이 맞지 않아 그룹에서 탈퇴한다. 이후 영화판을 전전하며 시나리오와 샹송 가사를 쓰면서 지내다가 시집 『말』을 출간하여 대베스트셀러에 올라 세계적으로 유명해졌다. 그 뒤 유명한 샹송 「고엽」의 가사를 쓰면서 불멸의 명성을 얻었다. 시가 난해하지 않고 누구나 쉽게 읽을 수 있는 것이 특징이다.

50) 가토 슈이치(加藤周一, 1919~2008) : 일본의 소설가, 평론가, 의학박사. 동서고금에 걸친 폭넓은 교양과 넓은 시야를 가진 문명비평가로 활약했다. 오랜 해외생활을 하면서 일본의 본연의 모습에 의문을 품고 파고들었다. 그 사상의 원점은 주변 사람의 목숨을 앗아간 전쟁으로부터 비롯되었다. 주요 저서로 「문학이란 무엇일까」, 「일본문학사서설」 등이 있으며, 특히 공저 『일본인의 사생관(死生観)』에서 미시마 유키오를 신랄하게 비판했다.

51) 기시다 마사유키(岸田将幸, 1979~) : 일본의 시인. 와세다대학 문학

부와 동 대학 대학원서 일본문화전공. 1999년부터 시문학지 『와세다 시인』, 『생명의 회랑』 등에 작품을 발표. 시집 『고절-뿔』, 『균열의 존재론』, 『바람의 영역』 등이 있다. 다카미준상 최연소 수상, 아유카와노부오상 최연소 수상, 하기와라사쿠타로상 등을 수상한 촉망받는 시인.

52) 구즈하라 다에코(葛原妙子, 1907~1985) : 일본의 쇼와 시대의 와카, 단카 시인. 초현실적인 단카를 창작하여, 전쟁 후의 와카계에 큰 영향을 미쳤다. 전위적인 작풍으로 주목받았고, 1971년에는 단카집 『주령(朱靈)』으로 청공상을 수상하였다.

53) 스기타 히사조(杉田久女, 1890~1946) : 일본의 메이지 시대에서 쇼와 시대에 걸친 와카, 단카 시인. 근대 하이쿠에서 가장 초기에 활약한 여성 시인으로 남성들에 지지 않는 낭만적이고 격조 높고 화려한 하이쿠를 지었다. 비극적인 삶을 살았지만 근대 하이쿠에서 선구적인 역할을 했다. 주요 하이쿠집으로 『히사조 구집』이 있다.

54) 다다 치마코(多田智滿子, 1930~2003) : 일본의 시인. 수필가. 번역가, 프랑스문학자. 역사와 신화의 풍부한 지식을 바탕으로 지적이고 품격 있는 시풍이 특징. 1976년 다카하시 무쓰오 시인과 함께 동인지 『향연(饗宴)』을 창간. 저서로 시가집 『불꽃놀이』, 『가짜의 연대기』 등 다수. 그녀가 세상을 떠난 후 출판된 시가집 『봉인을 풀며』, 『유성(遊星)의 사람』은 다카하시 무쓰오 시인이 엮었다.

55) 오르페우스(Orpheus) : 그리스 신화에 나오는 음유시인, 악기 리라의 명수이다. 그의 노래와 리라 연주는 초목과 짐승들까지도 감동시켰다고 한다. 사랑하는 아내 에우리디케가 뱀에 물려 죽자 저승까지 내려가 음악으로 저승의 신들을 감동시켜 다시 지상으로 데려가도 좋다는 허락을 받아냈다. 그러나 지상의 빛을 보기까지 절대로 뒤를 돌아보지 말라는 경고를 지키지 못해 결국 아내를 데려오지 못하고 슬픔에 잠겨 지내다 비참한 죽음을 맞았다.

56) 굴원(屈原, BC.343~BC.278) : 중국 전국시대 초나라의 시인, 정치가. 『시경(詩經)』과 함께 중국 고대의 2대 시가집이라고 하는 『초사(楚辭)』(시사(詩辭)로도 병칭)의 저자. 학식이 뛰어나 초나라 회왕과 경양왕의 2대에 걸쳐 봉직하면서 애국 충정을 다했으나 공자 난과 근상 등의 참소로 경양왕의 의심을 사서 삭탈관직 당한다. 이후 초나라의 국세가 기울어가고 조정에는 간신들만 득세하는 상황을 한탄하고 슬퍼하다가 멱라수(泊羅水)에 몸을 던져 자살했다. 주요 작품으로 「어부사(漁父辭)」, 「이소(離騷)」가 있다. 작품은 대개 울분의 정이 넘쳐 고대

문학 중 보기 드문 서정성을 내포하고 있다.

57) 황준헌(黃遵憲, 1848~1905) : 중국 청나라 말기의 시인, 외교관, 정치개혁가. 청나라 개혁을 위해 일본의 메이지 유신에서 배울 점이 있다고 주장했으며, 지일(知日), 친일의 시초격인 인물. 문학인으로서 그는 당시 중국 문학계의 진화와 의식의 근대화 등을 바탕으로, 시 속에 외래어, 방언, 속어 등을 자유롭게 채용하여 문학의 개화를 주도하였다. 주요 저서로 『일본국지(日本国志)』40권, 『일본잡사시(日本雑事詩)』2권, 『인경려시초(人境廬詩草)』11권이 있다.

58) 루쉰(魯迅, 1881~1936) : 중국의 소설가, 사회운동가, 사상가. 근현대 중국 문인 중 가장 존경받는 작가이며, 근현대 중문학의 아버지, 민족의 영혼으로 칭송받고 있다. 본명은 저우수런(周樹人)이며 루쉰은 필명이다. 그 외에도 영비(令飛), 하간(何幹) 등 100개가 넘는 필명을 사용하여 반정부 논객으로 활동했다. 대표작 『아큐정전(阿Q正传)』은 세계적인 명저이며, 특히 단편 『광인일기』를 통해 중화민국의 봉건의 상징이었던 전통문화를 강력하게 비판하면서 프롤레타리아 독재를 위한 민중의 각오와 행동을 촉구하였다 그 밖에도 다양한 방식으로 중국공산당의 혁명을 지지했다.

59) 몽롱파(朦朧派): 중국의 문화대혁명에 저항의사를 표명한 시인들의 모임. 당시 지하 문예지였던 『금천(今天, 오늘)』을 중심으로 활동했던 몽롱시는 교조적이던 당시의 문학계에서 받아들여지지 않았으나 1980년대 중반 문화대혁명의 영향으로 나타난 '지식청년'들에 의해 열광적인 붐을 일으켰다.

60) 베이다오(北島, 1949~): 중국의 망명시인. 문화대혁명 당시 중국 젊은이들이 맹목적으로 추구하던 이상주의에서 벗어나 현실을 직시한 젊은 시인들, 망커(芒克), 황루이(黃銳) 등과 함께 지하 문예지 『금천(今天, 오늘)』을 창간하여, 핵심적인 역할을 했다. 1989년 중국 천안문 민주화 시위를 지지했다는 이유로 중국을 떠나 해외를 떠도는 망명 저항시인. 그의 대표시 『대답(回答)』은 천안문 민주화 시위부터 지금까지도 중국 민주화운동의 찬가로서 인기가 있다. 1990년부터 노벨문학상 후보로도 꾸준히 이름이 오르고 있다.

61) 망커(芒克, 1951~) : 중국의 시인. 베이다오와 함께 지하 문예지 『금천(今天, 오늘)』을 창간하여 활동한 주요 멤버 중 한 사람. 이 문예지는 1980년 중국 정부에 의해 폐간되었다. 주요 시집으로 『걱정거리(心事)』, 『망커시선(芒克诗选)』 등이 있다.

62) 운명애(運命愛) : 아모르 파티(Amor Fati)라고 하며, '운명을 사랑하라'는 뜻의 라틴어. 철학자 프리드리히 니체의 사상에서 비롯된 말.

티엔 위안(田原)

시인, 번역가, 일문학자. 1965년 중국 허난성(河南省) 출생. 30여 년 동안 일본에서 활동하는 중국시인. 고등학교 2학년 때부터 시를 쓰기 시작하여 허난대학교 재학 중에 첫 시집을 출간. 1991년 국비유학생으로 일본에 건너가, 2003년 리쓰메이칸(立命館) 대학 대학원에서 일본시인 '다니카와 슌타로(谷川俊太郎)론'으로 문학박사학위 취득. 다니카와 슌타로, 다무라 류이치(田村隆一), 쓰지이 다카시(辻井喬) 등 많은 일본 현대시인의 작품을 중국어로 번역하여 중국에서 일본시에 대한 관심을 불러일으켰고, 다자이 오사무(太宰治)의 소설 『인간실격』을 비롯한 다수의 일본 명작 소설을 중국어로 번역하여 베스트셀러에 올랐다.

대학원생이던 2001년 제1회 유학생문학상을 수상하면서 일본어로도 시 창작을 시작했으며, 2004년에 첫 일본어시집 『그리하여 낭떠러지가 탄생했다』를 출간했고, 2009년에는 중국 스촨(四川) 대지진의 슬픔을 쓴 제2시집 『돌의 기억』을 출간하여, 이 시집으로 2010년도 제60회 'H씨 상'을 수상했다. 이 상은 일본에서 가장 권위 있는 시 문학상으로 중국인으로서는 최초였다. 2011년에는 『티엔 위안 시집』이 시초샤(思潮社)의 '겐다이시분코(現代詩文庫)' 시리즈 205권 째로서 출간되었는데, 이 또한 외국인으로서는 드문 일이었다. 그 외의 저서로 시집 『뱀의 꿈』(2019), 『시인과 어머니』(2021), 편저 『백대의 하이쿠』 등 다수. 중국에서 '21세기 딩준(鼎釣)문학상'과 '종쿤(中坤)시가상' 등을 수상했고, 미국, 대만 등에서도 여러 문학상을 수상했다.

현재 일본의 조사이(城西)대학 중문과 교수.

다카하시 무쓰오라는 신전

한 성 례

   소설가 미시마 유키오의 마지막 연인이었던 다카하시 무쓰오 시인.

   "시는 공중에 떠 있는 누각이다. 그에 비해 소설은 지상에 지은 몰골스런 건축이다."라는 편지를 보내 다카하시 무쓰오에게 용기를 북돋워 주었던 미시마 유키오. 이들 대문호는 문학과 삶에서 서로 많은 영향을 주고받았던 뗄 수 없는 관계였다. 어쩌면 다카하시 무쓰오에게 미시마 유키오는 '신'이었을지도 모른다. '신'을 논할 때 거기에는 '평범함'이란 존재하지 않는다.

   미시마 유키오는 10대 무렵에는 시를 쓰는 소년이었다. 소설가가 되었지만 다카하시 무쓰오 시인을 만나 자신의 소설에 새로운 시경(詩境)을 펼쳤으리라. 그의 소설은 풍부한 수사와 현란한 시적인 문체가 특징이다.

   다카하시 무쓰오의 시 세계는 그의 불행했던 어린 시

절과 성소수자로서의 삶이 중요한 요소로 작용한다.

천재적인 시인 다카하시 무쓰오는 일본을 가장 대표하는 시인 중 한 사람이다. 현재 살아 있는 일본 시인 중 『20억 광년의 고독』을 쓴 다니카와 슌타로와 쌍벽을 이룬다.

다카하시 무쓰오는 태어나자마자 아버지가 세상을 떠나, 가난한 모자 가정에서 자란다. 누나는 숙모가 빼앗다시피 데려가고, 어머니는 먼 곳으로 일하러 가고, 자신은 조부모에게 맡겨지지만 친척집을 전전하며 어린 시절을 보낸다. 어렵게 들어간 대학 재학 중에는 폐결핵에 걸려 2년을 요양소에서 생활한다. 후쿠오카 교육대학을 졸업했으나 결핵 병력 때문에 교사의 길도 막힌다. 도쿄로 가서 일본디자인센터에 겨우 일자리를 구하지만 아르바이트였다. 몇 년 후 광고회사로 옮겨 카피라이터로 일할 때까지 난관으로 관철된 삶이었다.

그러나 그는 다니카와 슌타로 시인과 대화했던 한 좌담회에서 "어렸을 적에 고통스럽게 살았지만 어떤 의미에서는 혜택을 받은 셈이다. 그러한 경험은 동년배에게 거의 없었다. 역설적으로 말하자면 '풍부한 경험'이었다. 어떤 환경이라도 거기에서 어떻게 창조적으로 전개해 나갈 것인지가 중요하다."라고 말한 것을 보면, 타고난 시인은 다른 것 같다.

그는 일본 시인들 중 현대 자유시와 전통 정형시 양쪽을 자유롭게 오간 유일한 시인이다. 일본의 여러 전통

시가는 형태만 다를 뿐 현대시와 동일하다는 입장에서, 정형을 지키면서 여러 장르를 병행하고 시대를 초월하여 유연한 시 창작을 해왔다. 그의 시는 현대시이지만 일본에서 가장 오래된 천오백여 년 전의 시집 『만요슈[萬葉集]』의 와카를 비롯하여, 단카와 하이쿠 등 전통시의 언어가 깊이 스며들어 있다. 시 외에도 소설, 오페라 각본, 일본의 전통 무대극인 노, 교겐, 조루리 등의 대본도 창작했다. 서양과 동양의 고전 문학에도 박학다식하여, 여러 그리스 비극의 연극 각본을 썼고, 이백의 한시를 현대 일본어로 번역하는 등, 동서양을 막론하고 다양한 문학 장르에서 활동해왔다. 작풍은 단아하면서도 대담하다.

성스럽고 신비로운 세계, 형이상학적인 세계, 허(虛)와 무(無)의 세계, 동성애의 탐미적인 세계……, 그리고 정액과 피와 죽음의 냄새가 감도는 시에서는 그의 신전에 모인 죽은 자들의 목소리가 들리는 듯하다. 오욕이 뒤섞인 삶을 미적 가치관으로 채색하고, 부도덕하다고 여기는 것을 어떤 종류의 윤리적 가치관으로 바꿔서, 그 만의 독특한 시학과 신화적인 상상을 과감하게 도입한 시 등, 이 시집을 번역하면서 자주 전율이 일었다. 그의 시는 이 시대가 가진 언어의 가능성을 가장 멀리까지 펼쳤고, 최대이면서 최고인 시의 진수를 보여준다.

2000년대 이후로는 환경파괴, 가족붕괴, 테러, 핵에너지 문제, 정보화에 따른 언어 파괴 등 사회문제를 주제로 한 새로운 시도 선보이고 있다.

　이 시집은 일본 시초샤(思潮社)의 일본대표시인선 겐다이시분코(現代詩文庫) 시리즈로 출간된 1969년의『다카하시 무쓰오 시집』, 1995년의『속(続)·다카하시 무쓰오 시집』, 2015년의『속속(続続)·다카하시 무쓰오 시집』에서 작품을 정하여, 각각 1부, 2부, 3부로 나눠서 번역했다. 이 시집에는 그의 소년 시대부터 최근까지의 시가 폭넓게 실려 있다.

　다카하시 무쓰오의 시가 한국에서도 널리 사랑받기를 바란다.

황금알 시인선